मेरी जमीं, मेरे आसमां मेरे पिता

(साझा विविधा संग्रह)

संपादक

राजीव कुमार झा

लक्ष्मण सिंह त्यागी

Title : Meri Jami Mere Aasma Mere Pita

Editor : Rajeev Kumar Jha, Laxman Singh Tyagi 'Ritesh'

Edition : 1st (November, 2023)

ISBN : 9789395391474

Published by

Regd. Add.: 254, Khuriyakhatta No. 10, Bindukhatta,
Lalkuan, Nainital - 262402, Uttarakhand, India
Website : www.prachidigital.in
E-mail : info@prachidigital.in
Contact : +91-976041-7980, 976041-8103

Printed by :
Manipal Technologies Limited, Manipal - 576104, Karnataka

अनुक्रमणिका

संपादकीय

'पिता' एक ऐसा शब्द है जो देखने में जितना छोटा प्रतीत होता है समझने में उतना ही वृहद।

जी हाँ, कहने का आशय है कि हमारे रिश्तों में एक अनमोल, अटूट और महत्वपूर्ण रिश्ता होता है पिता का रिश्ता; जिसे हम सभी गंभीरता से अक्सर नहीं लेते।

हमारे जीवन में सबसे ज्यादा योगदान पिता का ही होता है मगर वो पर्दे के पीछे से, यही वजह है कि जितना श्रेय पिताजी को मिलना चाहिए उतना कभी मिला नहीं।

पिता सारे दुख दर्द सहकर अपनी संतान को खुश देखना चाहते हैं।

हर संतान के पहले हीरो उसके पिता जी ही होते हैं।

यहाँ हम इसे दो नजरिए से देख सकते हैं पहला ये कि जब हम पिता बनें तो अपनी जिम्मेदारियों को ना केवल समझें अपितु उसे बखूबी निभायें भी। दूसरा ये कि पिता कितनी परेशानियाँ उठाते हैं इसे हम समझकर पिता को सम्मान दें।

वो भी समय था जब पिता की आज्ञा मानकर श्रीराम वनवास चले गए और ये भी समय है कि संतान के कारण ना जाने कितने बाप वृद्धाश्रम पहुँच गए।

हमारे जीवन में पिता का होना ईश्वर का बड़ा तोहफा है क्योंकि पिता ही हमारी शान अभिमान है। पिता के होने से जीवन खुशहाल रहता है, हमें किसी से डरने की जरूरत महसूस नहीं होती।

पिता हमारे लिए संस्कारों की जमीं है तो वहीं हमारी अनहद सपनों की उड़ान के लिए खुला आसमां भी है।

हमें कोशिश करनी चाहिए कि हमारे मन वचन और करनी से कभी पिता को कष्ट ना पहुंचे।

पिता के होने भर से पूरा संसार अपना जैसा लगता है इस लिए पिता की सदैव कद्र करें।

'मेरी जमीं मेरा आसमां मेरे पिता' पुस्तक में इन्ही सारी बातों का जिक्र किया है।

पिता क्या होते हैं हम सब के लिए इसका आंकलन करना इतना भी आसान नहीं मगर कहते हैं ना कि 'जहां ना पहुँचे रवि, वहाँ पहुँचे कवि' इसलिए देश के कुछ चुनिंदा रचनाकारों ने हमारे आग्रह पर पिता के रिश्ते को आत्मसात कराने का सराहनीय प्रयास किया है।

अतः उक्त पुस्तक में शामिल सभी लेखकों को साधुवाद। प्राची डिजिटल पब्लिकेशन को बहुत बहुत धन्यवाद।

आईये इस पुस्तक के माध्यम से पिता जी का पुनर्जागरण करते हैं और वही श्रद्धा एक बार फिर से अपने अपने मन में पैदा करने का प्रयास करते हैं जो सदैव होनी चाहिए।

लक्ष्मण सिंह त्यागी रीतेश

(संपादक)

व्यक्तिगत परिचय

लक्ष्मण सिंह त्यागी 'रीतेश'

जन्म तिथि	– 25 अगस्त 1986
जन्म स्थान	– बदरिका धौलपुर राजस्थान
पिता	– श्री रमेश चंद त्यागी (श्री दीनानाथ जी)
माता	– श्रीमती इन्द्रा त्यागी
शिक्षा	– एम ए (हिंदी), एम एड
प्रकाशित कृतियाँ	– एकल संग्रह – सिसकती रातें, जिंदगी के मायने, आईने में तुम, गर्दिशों में हम, छंद विधान साझा संग्रह– आल्हाद, दो अक्टूबर, जन्मदात्री माँ, स्वदेश प्रेम, अनामिका, अनुभूति, पलाश, मेरा गांव, क्षितिज के पार, काव्य शतक, नवसृजन, बेटियाँ, नया भारत, बिंदिया
संपादन	– पंचरतन, कहानियाँ, इन्द्रधनुष, जिद जीत की, दो टूक जिंदगी, उत्तर आधुनिक काव्य, उड़ान, भारत@75, मेरी नज़र से, पानी कम है, दीप जलता रहे, मेरा भारत महान, मेरे पिता
संपादक	– उडान (छमाही साहित्यिक पत्रिका)
लेखन विधा	– कविता, लघुकथा, कहानी, आलेख, निबंध, पत्र साहित्य आदि प्रमुख विधाओं में लेखन।
रचना क्रम	– विभिन्न राष्ट्रीय पत्रिकाओं में लगभग दो सौ रचनाएँ प्रकाशित।
गतिविधियां	– लेखन एवं कवि गोष्ठियों में काव्य पाठ
संप्रति	– अध्यापन (शास हाई स्कूल धरसोला मुरैना म प्र) व स्वतंत्र लेखन
ईमेल	– lstyagi53@gmail.com,
दूरभाष	– 7746842196

बाजार में पिता

बाजार से इतना सामान लाते हैं पापा
मगर अपने लिए कहां कुछ लाते हैं पापा

दादी दादा मम्मी भैया बहिन और मैं
हर बार सबको खुश कर जाते हैं पापा

बताते हैं उनके पर्स में जादू है
हमारे लिए हर बार उधार ले आते हैं पापा

पथरी के दर्द से अकेले में चीखते हैं
हमारे हर मर्ज की दवा ले आते हैं पापा

हमारे लिए बाज़ार को खरीद के रख दिया
हम लोग बाज़ार में छोड आते हैं पापा !

✍ लक्ष्मण सिंह त्यागी रीतेश

मेरे पिता

घर के मध्य
एक वृक्ष
जिसके इर्द–गिर्द
उग आये
अनेक पौधे
जिन्हें बचाया
सूरज की तपन से
जाडे की गलन से
बरसात की सड़न से
समय गुजरा
पौधे पेड बन गए
उनका वजूद हुआ
उनकी डाली
उनकी पत्ती
उनका तना
किंतु
महावृक्ष अब
बूढ़ा हो चुका
उसे काट दिया
किसी पेड को
कोई दुख नहीं
और वो
मिट गया
पिता के मानिन्द !

✍ लक्ष्मण सिंह त्यागी रीतेश

पापा कब मुस्कराए हैं

रोज सुबह
जल्दी निकल जाना
देर शाम को लौट के आना
दिनभर क्या करते
कुछ पता नहीं
फिर भी
सबके लिए
सबकुछ लाना
किसी ने जानने की कोशिश नहीं की
उनके काम के बारे में
बस मांग रखते गए
और वो पूरी करते गए
सबकी पसंद उनको पता है
उनकी पसंद किसी को नहीं
पता नहीं किस उधेड – बुन में
रहते हैं अक्सर
कोई पूछता नहीं वो बताते नहीं
घर आने पर कोई ना कहता
कि पापा आये हैं
सच बताना
पापा
कब मुस्कराये हैं?
डांटना
गुस्सा करना
सब दिखता है
प्यार करना

नहीं दिखता
फिक्र करते हैं वो
सबकुछ तुम से नहीं कहते
मगर
हर जगह तुम्हारा
जिक्र करते हैं वो
जीवन दांव पर लगाकर अपना
तुम्हारा
सुनहरा भविष्य गढते हैं वो
मार कर अपनी खुशियाँ
तुम्हारी खुशी देखते हैं
जब तुम्हारा ध्यान नहीं
होता उनपर
तब भी वो तुम्हारी हंसी देखते हैं
अक्सर कहते हैं
उनकी शिकायतें
उनकी तकलीफ नहीं समझते
खुशनसीब हैं हम जो
प्रभु ने पापा बनाये हैं
सच बताना
पापा कब मुस्कराये हैं?
माता पिता
पत्नी
बच्चे
भाई–बहन
रिश्तेदार
सबकी अपेक्षाएँ
सबकी इच्छाएँ

सबकी परीक्षाएँ
सबकुछ सहता
कुछ ना कहता
घर बनाने को
घर से दूर हो जाता है
सभी की खुशियों की खातिर
मुस्कुराना भूल जाता है
हर धर्म
हर कर्तव्य
हर फर्ज निभाता है
माफ करना
यूँ ही वो व्यक्ति
पिता नहीं कहलाता है
ना जाने
कितने दर्द उसने छुपाये हैं
सच बताना
पापा कब मुस्कराए हैं?

✍ लक्ष्मण सिंह त्यागी रीतेश

सीखा है आपसे

हर हाल में जीना है हमें, सीखा है आपसे।
हर दर्द को पीना है हमें, सीखा है आपसे।
मुश्किलों में भी सिद्धांतों से समझौता ना किया,
फटे कपड़ों को सीना है हमें, सीखा है आपसे।।

हो जैसे आप वैसे हम न, बन पायेंगे शायद।
झेला है जो संताप न, सह पायेंगे शायद।
हैं प्रेरणा पापा जी हीरो भी तो हैं मेरे,
अभिनय मगर हम आपसा न, कर पायेंगे शायद।।

हो मेरी जमीं तो आप, मेरे आसमां भी हो।
सुख दुख के हो गवाह, मेरे तो जहां भी हो।
कद आपका मैंने पिता रखा भी है ऊपर,
अनबोला सा था मैं तुम, मेरी जुबां भी हो।।

कुछ तो कृपा प्रभु ने की, बना आपका बेटा।
जिसके पिता नहीं यहाँ, बस वो ही है हेटा।
छोटा सा हूं पौधा आप वट-वृक्ष हो,
चरणों में शरण दे दो, मैं हूं यहाँ लेटा।।

लक्ष्मण सिंह त्यागी रीतेश

पिता

कुछ लोग कहते हैं बेमेल हैं पिता।
मगर धूप छांव का खेल हैं पिता।
कभी पवनपुत्र का पूरा आसमां तो,
कभी कान्हा जन्मने को जेल हैं पिता।।

पिता के होने से सब संभव लगता है।
ना हों तो जीवन भी असंभव लगता है।
सपनों की उड़ान में पिता पंख होते हैं,
अखंड दीपक की बाती का तेल हैं पिता।।

पिता के होने से सबकुछ पूरा लगता है।
पिता के नाम बगैर पता अधूरा लगता है।
हम तो ठीक से कुछ भी ना बन पाये,
पिता इंजन भी हैं और रेल हैं पिता।।

✍ लक्ष्मण सिंह त्यागी रीतेश

व्यक्तिगत परिचय

बृजेन्द्र सिंह नरवरिया (कविराय)

जन्मतिथि - 02 जुलाई 1981

जन्मस्थान - हीरापुरा हेट गोरमी जिला भिंड मध्य प्रदेश!

पिता - स्व . श्री महेन्द्र सिंह नरवरिया (भूतपूर्व सैनिक)

माता - श्रीमती राजवाला देवी (सामान्य गृहिणी)

पत्नी - श्रीमती प्रेमश्री देवी (सामान्य गृहिणी)

बच्चे - मोहित सिंह, प्रगति

शिक्षा - M. Sc. Botany, B. Ed. 2005

संप्रति - माध्यमिक शिक्षक, (प्रभारी प्राचार्य)शास . हाई स्कूल सुकांड, गोरमी जिला भिंड मध्य प्रदेश!

लेखन विधा - कविताएँ, लघु कथाएँ, कहानी, संपादन कार्य और सामाजिक एवम शैक्षिक लेखन मे कार्यरत!

प्रकाशित कृतियाँ - पंच रतन (साझा विविधा संग्रह) इंद्रधनुष (साझा गदय संग्रह) जिद जीत की (साँझा विविधा प्रेरक संग्रह) दो टूक जिंदगी (साँझा काव्य संग्रह) उत्तर आधुनिक काव्य (21 वी सदी की कविताएँ) काव्य शतक (साझा काव्य संग्रह) मेरी नजर से (साझा काव्य संग्रह)

संपादन - दो टूक जिंदगी (साझा काव्य संग्रह)

प्राप्त सम्मान - साहित्य सृजन हेतु प्राची पब्लिकेशन द्वारा सम्मान पत्र और शिक्षा विभाग, जिलाधीश द्वारा उत्कृष्ट कार्य हेतु सम्मान पत्र!

ई-मेल - brajendrasingh470@gmail.com

मोबाइल नंबर - 7804039009

मेरे पापा

बुद्धि में हैं तेज तो पापा, ताकत में सर्व श्रेष्ठ तो पापा!
धनवानों में धनी हैं पापा, जो भी मांगे देते पापा!!
इतने अच्छे मेरे पापा, जग के प्यारे मेरे पापा!
सब लोगों से अच्छे पापा, मेरे दिल के हीरो पापा!!
दिखने मे तो शख्त हैं पापा, सदा मौन ही रहते पापा!
घर का खर्चा उठाये पापा, सब का फर्ज निभाए पापा!!
बुद्धि में है तेज तो पापा, ताकत में सर्वश्रेष्ठ हैं पापा!
धनवानों मे धनी हैं पापा, जो भी मांगे देते पापा!!
व्यवहार कुशल हैं मेरे पापा, सबको सीख सिखाते पापा!
नियम कायदा करते पापा, अनुशासन में रहते पापा!!
कठिन धूप से दिखते पापा, शीतल छाया जैसे पापा!
जो भी करते मन से करते, हंसमुख जैसे मेरे पापा!
बुद्धि में तो तेज तो पापा, ताकत में सर्वश्रेष्ठ हैं पापा!
धनवानों में धनी हैं पापा, जो भी मांगे देते पापा!!

✍ बृजेन्द्र सिंह नरवरिया (कविराय)

पापा के पापा

हाथी जैसे मेरे बाबा, भारी भरकम मेरे बाबा!
धीमे धीमे चले तो बाबा, योग अभ्यास करे तो बाबा!!
पापा जैसा प्यार करे, हमको लाड़ दुलार करे!
हमरे संग तो खेला करते, घोड़ा हाथी संग में बनते!!
कभी कभी पापा डांटे, हम से हरदम प्यार तो करते!
उचित सलाह सभी को देते, ईश्वर भजन में मस्त तो रहते!!
लडाई दंगे हो होने पर, समझा कर सुलह कराते!
मेरे अच्छे बाबा मेरे, सबके सच्चे बाबा मेरे!!
हाथी जैसे मेरे बाबा, भारी भरकम मेरे बाबा!
धीमे धीमे चले तो बाबा, योग अभ्यास करे तो बाबा!!

✍ बृजेन्द्र सिंह नरवरिया (कविराय)

मेरे अब्बा

पापा को हम अब्बा कहते, अब्बा कहके खुश हो जाते!
पापा मेरे घर की शान, नियम प्रशासन उनका काम!!
हंसी खुशी साथ में रहते, लाड़ दुलार भी करते हैं!
मात पिता और बच्चों की, देखभाल भी करते हैं!!
घर गृहस्थी की जिम्मेदारी, मेरे अब्बा रखते हैं!
ऊपर से तो शख्त से लगते, मधुर शांत अंदर से दिखते हैं!!
पापा का प्यार कभी न देखा, घर की चिंता रखते हैं!
ताप बुखार आ जाने पर, चिकित्सक को दिखलाते हैं!!
कठोर रवैया रखने पर भी, सबकी दवा कराते हैं!
जी तोड़ मेहनत भी करते, अपना फर्ज निभाते हैं!!
पापा को हम अब्बा कहते, अब्बा कहके खुश हो जाते!
पापा मेरे घर की शान, नियम प्रशासन उनका काम!!

✍ बृजेन्द्र सिंह नरवरिया (कविराय)

बच्चों की उम्मीद

मै पापा का लाडला, घर में था मैं शेर!
पापा –पापा कहता फिरता, घर को करे था ढेर!!
सबका था मैं लाड दुलारा, माँ बापू का था मैं प्यारा!
घर वालो पर हुक्म चलाता, सबसे प्यारे मेरे पापा!!
जो भी मैं तो मांग करू, पूरी मांग तो करते पापा!
पापा के सब पैसे मेरे, घर के खेल खिलौने मेरे!!
रंग बिरंगे कपड़े मेरे, खेलू तो पिचकारी मेरी!
बाहर वाला मेला मेरा, सॉफ्टी और मिठाई मेरी!!
पापा हैं तो राग हमारे, संगीत के सब धुन सारे!
चिड़ियों वाले गीत हमारे, कोयल की कू कू मतवाली!!
मै पापा का लाडला, घर में था मैं शेर!
पापा पापा कहता फिरता, घर को करे था ढेर!!

✍ बृजेन्द्र सिंह नरवरिया (कविराय)

व्यक्तिगत परिचय

पदमा गोविंद मोटवानी

व्यवसाय – बैंक ऑफ बड़ौदा से निवृत्त

पुस्तक प्रकाशित – काव्य संग्रह “जज़्बात” 2021, काव्य संग्रह “जीवन तरंग” 2022, बाल गीत संग्रह “सुनहरा बचपन” जुलाई 2023, काव्य संग्रह “जज़्बात” गुजरात राज्य ग्रंथालय और राजा राम मोहन राय फाउंडेशन कोलकता द्वारा चयनित और सरकार द्वारा 51 लाइब्रेरी में वितरित। साझा संकलन “नया भारत” और “मेरा भारत महान” में सहभागिता। गुजरात समकालीन महिला हाइकुकारो द्वारा रचित “गुर्जरी पल्लव” में सहभागिता एवं समय-समय पर राष्ट्रीय और गुजरात राज्य स्तरीय पत्रिकाओं में आलेख, कहानियाँ लघुकथाएँ, कविताएँ प्रकाशित

उपलब्धियां – केन्द्रीय सचिवालय हिन्दी परिषद, दिल्ली द्वारा हिन्दी कार्य के लिए गुजरात राज्य विशेष पुरस्कार, आईओसी, वड़ोदरा द्वारा अखिल गुजरात कविता प्रतियोगिता के लिए सम्मानित, भारतीय रिज़र्व बैंक द्वारा हिन्दी निबंध लेखन के लिए पुरस्कृत, बैंक ऑफ बड़ौदा द्वारा समय समय पर राष्ट्रीय एवं राज्य स्तरीय काव्य एवं आलेख लेखन के लिए पुरस्कृत एवं सम्मानित।

गतिविधियाँ – राष्ट्रभाषा प्रचार समिति, गुजरात, अंतरराष्ट्रीय काव्य संस्था, महिला काव्य मंच “मन से मंच तक” और वरिष्ठ नागरिक काव्य मंच की गुजरात प्रांतीय सचिव, नारी अस्मिता पत्रिका की संरक्षक और कच्छ जिला प्रतिनिधि

संपर्क – 9979744366, padmamotwani1411@gmail.com

पिता

पिता मान है, सम्मान है, संतान का अभिमान है,
परिवार के रंगमंच का कलाकार बड़ा महान है।

पिता का प्यार, पिता का त्याग ताउम्र रहता है,
बचपन की हर शरारत, सहज होकर सहता है।

हर इच्छा, ख्वाब, शौक़ को पूरा करता रहता है,
जवानी का जोश उसी के दम पर ही पलता है।

चुनौती स्वीकार कर, हर आफत से वह लड़ता है,
ख्वाहिशों को खरीदने में वो स्व खर्च हो जाता है।

फिक्र नहीं, कोई रंज नहीं, अधीर नहीं वो रहता है,
मुकम्मल इरादे रखता है, तमाशा नहीं वो बनता है।

अटल इरादों से अपने, हर मुश्किल सर कर जाता है,
ज़िंदगी की राह आसान बहुत, यह सुनाकर जाता है।

अपने स्वाभिमान से अडिग खड़ा रहना सिखाता है,
पंख फैला खुले आकाश में उड़ना वही सिखाता है।

धीर गंभीर वह रहता है, खुशी का इज़हार नहीं करता,
संतान को योग्य बनता देख अंतर्मन से खुश होता है।

वह पल सार्थक हो जाता है, गर्व से सर ऊंचा होता है,
जब संसार में पिता संतान के नाम से जाना जाता है।

बाबुल

सीने में समाए रहती हूं आपकी हर याद को,
प्रेरक बातों को, कुछ मीठी सी वारदातों को।
सुबह सवेरे जग जाना, आप संग बतियाना
बहुत याद आता है बचपन का हर अफसाना।
वह बागबानी, पशु पक्षियों की निगरानी,
भूली नहीं जाती, आपकी कोई भी कहानी।
होली दीवाली हर त्योहार की रौनक याद है,
घूमे जो मेले आप संग, उनकी रंगत याद है।
आपके आँगन धूप छाँव में जो पल गुज़रे थे
वो सबसे सुखद, सबसे प्यारे और न्यारे थे।
याद है जब कोई चोट मुझे कहीं लगती थी
दिल आपका रोता, आँखे नहीं छलकती थी।
जहाँ मुझ पर स्नेह बरसाता था बापू का मन,
कैसे भूलूँ वह चहकता और महकता उपवन!
आपके चले जाने पर अधूरी लगने लगी दुनिया,
बहुत बड़ी हो गई है बापू, तुम्हारी नन्ही मुनिया।
दुनिया की गर्दिश में, कशमकश में उलझी रही,
अपनी कोई चाहत न रही, ज़िंदगी कटती रही।
निवृत्ति की बेला है, जग लगता मुझे अलबेला है
कुछ नहीं, , बस यादों का ही लगता यहां मेला है।
आपके आशीष से हर दिन नया कुछ लिखती हूँ,
बहुत किताबें पढती हूँ, स्मृतियों में ही जीती हूँ।

✍ पदमा गोविंद मोटवानी

बाबूजी की यादें

मेरे बाबूजी के असीम प्यार दुलार को सलाम है,
दुआ से उसकी मेरी दुनिया में खुशियां तमाम हैं।
कितने ही बरस बीत गए आज भी मुझे याद है,
उनके संग बीती हर सुबह की बातें मुझे याद है।

अमृत वेले पूजा पाठ से भगवान का नाम जपना,
पेड़ पौधों, फल फूलों और पत्तों से प्यार करना।
पक्षियों को दाना चुगाना, सकोरे में पानी रखना,
व्यायाम का पाठ पढ़ा बच्चों संग वर्जिश करना।

जब जाते काम पर गरीबों के लिए कुछ लेते चलते,
लौटने पर हर राहगीर का हाल-चाल पूछते चलते।
हर प्राणी से प्रेम करना उनको बखूबी आता था,
परिवार की शानो शौकत रखना उनको भाता था।

पत्र पत्रिकाएं, सामयिक कहानियां पढ़ा करते थे,
सभ्यता और संस्कृति से अवगत कराया करते थे।
सुर संगीत से घर आंगन को महकाया करते थे,
महान चरित्रों के किस्से शान से बताया करते थे।

बच्चों के सुनहरे भविष्य खातिर सब कुर्बान किया,
यथा योग्य शिक्षा दिला कर सबका सम्मान किया।
मेरे स्वाभिमानी बापू जैसा कोई नहीं है दुनिया में,
उस दानवीर दिलदार जैसा कोई नहीं है दुनिया में।

✍ पदमा गोविंद मोटवानी

पिता का संदेश

ऊंगली पकड़ जब चलते थे,
तब तक मासूम दिखते थे।
किशोर बन जब फिरते थे,
ख्वाबों में ही जीते लगते थे।
आज तुम व्यसक बने हो,
बड़े सयाने तुम लगते हो।
कुछ बातें तुमसे करनी हैं,
कुछ बातें तुमसे सुननी हैं।
चलो सफर पर ले चलता हूँ,
दुनिया से रूबरू करवाता हूँ।
अपने अनुभवों की धरोहर
तुम संग बांटना चाहता हूं।
पहचान तुम्हें ही करनी होगी,
अच्छी बुरी बात वारदात की।
तभी मुकाम पर होगी,
कश्ती तुम्हारी उम्मीदों की।
सुख दुख में सदा सम रहना,
हौसला कभी कम न करना।
इंसान को इंसान समझना,
ऊँच-नीच का भेद न रखना।
बस समय को सलाम करना,
मुश्किलों को आसान करना।
कठिन दौर में राहगीर बनूंगा
साया बन तुम्हारे साथ रहूँगा।

पदमा गोविंद मोटवानी

पिता का प्यार

पाँव रहते हैं ज़मीं पर ऊँचे उत्तुंग सपने देखते हुए,
स्व को भूल जाते, सभी के ख्वाब पूरे करते हुए।
देखा है पिता को कई जज़्बातों का बोझ ढोते हुए,
नहीं, वह नहीं देख सकता है परिवार को रोते हुए।

उसके मन हर दिन उम्मीदो भरी नयी दस्तक होती है,
खुशियों की छाँव में उदास आँखे मुस्कुराती रहती हैं।
दुख से कोसों दूर जाकर सुख की तलाश करते हुए,
वह नायक, नहीं देख सकता है परिवार को रोते हुए।

आंसुओं को छुपाता फिरता है चेहरे पर मुस्कान लिए,
सुनी नहीं शिकायत कभी, होठों से बयान करते हुए।
हर दिन नयी सौगात लाए, आनंद का थन बटोरते हुए,
वह उदार दिल, नहीं देख सकता परिवार को रोते हुए।

खुश रहता है संतान को जीने का सुंदर संदेश देते हुए,
सुख दुख तो आना जाना, उसकी परिभाषा देते हुए।
फूल संग कांटो का होना भी ज़रूरी, यह समझाते हुए
आदर्श पिता, नहीं देख सकता परिवार को रोते हुए।

मर मिटता खुश समृद्ध परिवार की चाहत रखते हुए,
संसार संवारता वह सदा संतोष की संपति बांटते हुए।
जीवन सफल सार्थक कर जाता परोपकार करते हुए,
शालीन मूर्ति नहीं देख सकता परिवार को रोते हुए।

✍ पदमा गोविंद मोटवानी

पिता की नज़र (कहानी)

राजीव और संजीव जुड़वा भाई थे। राजीव हमेशा मौज मस्ती में रहता था। संजीव बड़ा धीर गंभीर था। उनके पिता एक सरकारी विद्यालय में शिक्षक थे। शिक्षक होने के नाते घर में अनुशासन का पूरा ध्यान रखा जाता था। संजीव समय से उठ जाता, माँ को गृह कार्य में मदद करता और अपना हर काम दिल से पूरा करता। राजीव भी जल्दी से उठ जाता था लेकिन वह किसी काम में हाथ नहीं बंटाता था। विद्यालय में भी राजीव की बहुत मित्रों से अनबन होती रहती और कई बार तो किस्सा हाथापाई तक पहुंच जाता। आए दिन उसकी शिकायतें होती रहती थी। संजीव बड़ी चाह के साथ पढ़ाई पर ध्यान देता। सभी शिक्षक दूसरे छात्रों को उसका उदाहरण देते थे। साथ साथ बड़े होते हुए दोनों दसवीं कक्षा में पहुंच गये। जब दसवीं कक्षा का परिणाम आया तो संजीव बहुत ही अच्छे अंको से उत्तीर्ण हुआ। जबकि राजीव को सिर्फ पास होने योग्य अंक प्राप्त हुए। माता पिता को थोड़ी सी निराशा हुई।

उन्होंने राजीव को समझाते हुए कहा "अब तुम्हें नादानी छोड़कर मेहनत करनी पड़ेगी। परिश्रम से ही कुछ प्राप्त होता है। तुम जीवन में बहुत आगे बढ़ सकते हो, उसके लिए तुम्हें भी संजीव के जैसा गंभीर होना पड़ेगा।" राजीव तो फिर भी अपनी ही धुन में रहता था। उसका 11वीं कक्षा का परिणाम भी अच्छा नहीं आया। देखते ही देखते राजीव और संजीव दोनों ने 12वीं की परीक्षा भी साथ में ही दी। आज उनका परिणाम आने वाला था। राजीव पहली बार भगवान से प्रार्थना करने लगा कि "हे ईश्वर मुझे भी अच्छे अंको से पास करना। मेरे पिताजी के सपनों पर पानी नहीं फिर जाए, इसका ध्यान रखना।" परिणाम आने पर उसकी खुशी का ठिकाना नहीं रहा। राजीव को भी संजीव के जितने ही 90% अंक प्राप्त हुए थे। माता पिता बहुत प्रसन्न थे। माँ ने संजीव के साथ साथ राजीव को भी शाबाशी दी और आश्चर्य से उससे पूछा "तुमने यह चमत्कार कैसे किया!" "मैंने पढ़ाई में मन लगाकर अच्छे अंक प्राप्त किए इसका श्रेय मैं अपने पिता को देता हूँ।" उसने माँ से कहा।

"माँ संजीव आपको आपके काम में मदद करता रहता है तो आपने संजीव को ही अच्छा मान लिया। आपने मेरी ओर कम ध्यान दिया। जबकि पिता ने दोनों पुत्रों में कोई भेद नहीं किया। उन्हें जो अच्छाई संजीव में नज़र आती थी वही मुझ में भी नज़र आने लगी थी। वो मेरे साथ बैठकर बातें करते थे। दुनिया में क्या अच्छा है, क्या बुरा है, इसकी समझ देते थे। रात में जब आप और संजीव सो जाते थे तो पिताजी मेरे साथ पूरी पूरी रात बैठकर मुझे गणित और विज्ञान के सूत्र समझाया

करते थे। बातों बातों में वे मुझे हिंदी और अंग्रेजी भाषा के व्याकरण और लेखनी के लिए बताते थे। जिससे मुझे सभी विषयों में रुचि जागृत होने लगी। मैंने ठान लिया कि अब मुझे भी पढ़ लिख कर एक मुकाम पर पहुंचना है।

पिताजी की प्रेरणा से ही मैं पढ़ाई के लिए प्रोत्साहित हुआ और परिणाम आपके सामने है।" माँ की आंखों से झर झर ऑसू टपकने लगे। उसने राजीव को गले लगा कर कहा "बेटा मुझे माफ कर दे।" तभी पिताजी ने दोनों को गले लगाते हुए कहा कि "अब दुखी होने की कोई बात नहीं है। आज तुम्हारे दोनों पुत्र डॉक्टर या इंजीनियर की किसी भी परीक्षा में पास हो सकते हैं। मुझे खुशी है कि मैं राजीव को पढ़ाई के लिए प्रेरित करने में सफल हो सका।"

✍ पदमा गोविंद मोटवानी

पिता की सीख (बाल कहानी)

सावन महीने की रिमझिम बारिश के बाद मौसम बड़ा सुहाना हो गया था। चारों ओर हरियाली की चादर बिछी थी। रविवार का दिन था तो सुधा ने अपने पति समीर से कहा हर रविवार को आप अकेले ही निकल जाते हो। आज बच्चों को कहीं घुमाने लेकर चलते हैं। बच्चों ने सुना तो वे बहुत ही खुश हो गए। वो तो यही चाहते थे। इसलिए तुरंत ही त्योहारों पर मिले हुए नए कपड़े निकाले और तैयार हो गए। सुधा ने जल्दी-जल्दी कुछ नाश्ता तैयार किया। जूस बनाकर एक बोतल में पैक किया और अपनी गाड़ी से निकल पड़े।

पूरा रास्ता अंताक्षरी करते, गीत गाते वे एक तालाब किनारे पहुंचे। वहां पहुंचने पर पहले से ही कुछ बच्चे रंग और पेंसिल लिए हुए तो कुछ बच्चे अपनी किताब लिए समीर के आने की प्रतीक्षा कर रहे थे। समीर को देखते ही बच्चे खुशी से उछल पड़े और एक दूसरे से कहने लगे "अंकल आ गए, अंकल आ गए।" साथ में सुधा को और उसके बच्चों को देखकर थोड़ा संकोच करने लगे। तब समीर ने उनसे कहा "बच्चों संकोच मत करो। ये दोनों भी तुम्हारे मित्र हैं। आज का दिन तुम सब साथ में खेलोगे और पिकनिक मनाओगे।"

समीर ने अपने बेटे पवन और आकाश का परिचय सब बच्चों से करवाया। सुधा को कुछ भनक थी कि समीर हर रविवार को पुरानी बस्ती के बच्चों के लिए नयी नयी चीज़ें लेकर जाता है। उन्हें मिलकर बच्चों को भी खुशी होती है। खेल खेल में वो बहुत कुछ सीखते रहते हैं। समीर ने अपने बच्चों को बताया कि "दो तीन महीने पहले छुट्टी के दिन जब वह सब्जियां लेने आता था तो ये छोटे बच्चे भी सब्जियां बेचते रहते थे।

जो मुझे अच्छा नहीं लगता था। मैंने इन बच्चों से बात की और पूछा कि आप पढ़ने के लिए विद्यालय में क्यों नहीं जाते? तब उन्होंने बताया कि हमारे दो समय भोजन के लिए भी हमें मेहनत करनी पड़ती है। हमें भी पढ़ने का बहुत शौक है। हमारे माता-पिता हमारे लिए न किताबें खरीद पाते हैं न ही हमें विद्यालय में पढ़ने के लिए भेज सकते हैं। तब मैंने उन्हें कुछ किताबें दिलाई। ये बच्चे रेत पर बैठकर अलग-अलग चित्र बनाया करते थे तो उन्हें प्रोत्साहित करने के लिए ड्राइंग बुक, पेंसिल और रंग दिलाए। तब बच्चों के चेहरे पर जो रौनक देखी, उसने मुझे प्रेरित किया। अब मैं नियमित रूप से इधर आता हूँ। ये बच्चे चाहे स्कूल नहीं जा पाते लेकिन कुछ सीखते रहते हैं।" यह सुनकर पवन और आकाश ने प्यार से अपने पिता क गले लगाया। उन दोनों ने मिलकर एक साथ कहा "पापा आप कितने अच्छे हो।

आप न सिर्फ हमारा ध्यान रखते हो लेकिन इन बच्चों को आपने जो खुशी प्रदान की है वह पूरे समाज के लिए अनुकरणीय है। पापा आप महान हो। हमें आप पर गर्व है।" सुधा ने भी बच्चों की बात पर सहमति जताते हुए कहा कि "अब हर रविवार, त्यौहार पर मैं इन बच्चों के लिए घर से ही खाना और मिठाई बनाकर भेजा करूंगी। स्वादिष्ट भोजन पर इन बच्चों का भी पूरा अधिकार है।"

पवन और आकाश ने अमीरी-गरीबी का भेद मिटाकर सभी बच्चों के साथ मिलकर बरगद के पेड़ तले ठंडी हवा में नाशता किया और जूस पिया। सभी बहुत खुशी से नाचे गाये और धूम मचायी।

✍ पदमा गोविंद मोटवानी

व्यक्तिगत परिचय

डॉ. भारती वर्मा बौड़ाई

माँ का नाम	–	श्रीमती कमला वर्मा
पिता का नाम	–	श्री बाबूराम वर्मा
पति का नाम	–	राकेश आनंद बौड़ाई
वर्तमान पता	–	95, ब्लॉक—H (एच), दिव्य विहार, डाँडा धर्मपुर (Divya Vihar, Danda Dharampur), डाकघर–नेहरूग्राम, (P.O. Nehrugram), देहरादून—248001 (उत्तराखंड)
शिक्षा	–	एम0ए0, बीएड0, डी0 फिल0(शोध द्वारा– गद्यकार बच्चन : एक आलोचनात्मक अध्ययन– विषय पर)
कार्य क्षेत्र	–	कविता, लेख, संस्मरण, कहानी, लघुकथा, वर्ण पिरामिड, हाइकु, मुक्तक, घनाक्षरी, ताँका, मनका, सेदोका, सायली, समीक्षा, पत्र विधाआदि।
सामाजिक क्षेत्र	–	अपने पति के "अविराम प्रवाह" चैरिटेबल ट्रस्स्ट के किए जा रहे सेवा कार्यों में सहयोग
ईमेल	–	bharati.bourai007@gmail.com
प्रकाशित पुस्तकें	–	कविता का अरुणांचल (कविता संग्रह) 1985, उपहार (2018) कविता संग्रह, रंगों के साथ (2018) कविता संग्रह, अंतर्मन की यात्राएँ (2018) कविता संग्रह, आखर मीत (2018) काव्य संग्रह, मोहे बिटिया ही दीजो (2019) कविता संग्रह, अंजुरि भर प्रेम (2019) कविता संग्रह, आपातकाल में सृजन फुलवारी (2020) कविता, माँ–पा हमेशा एक दूसरे के साथ (कविता संग्रह) 2020, विविधा, चीनू की डायरी, समर अभी शेष है

गुलमोहर तले

गुलमोहर से मेरा
रिश्ता है बहुत पुराना
यह प्यारा सा नाम
मैंने अपने पिता से जाना,
बचपन में जाती थी
पैदल उनके साथ जब-तब
बैंक, डाकखाने और
एफ0आर0आई कार्यालय में,
मार्ग में आते वृक्ष-पौधे
सबके नाम बताते चलते थे
यह रीठा, बोगनविलिया
नीम, तुन, शीशम, कीकर, थ्यूजा,
यह पीले फूलों वाला
अपनी आभा बिखेरता अमलतास
लाल रंग के फूलों से लदा
राजा सा दिख रहा ये गुलमोहर,
कहते हैं यह वृक्ष देखो
पीले और लाल रंग भरते प्राण
जीवन में सबके सदा
मिटा संताप, करते दुखों का निदान,
गुलमोहर है मेरे पिता सा
स्नेहशील, सहृदय
जब-जब बैठती हूँ गुलमोहर तले
अपने पुष्प बिखरा देता है आशीष।

✍ डॉ. भारती वर्मा बौड़ाई

पिता का होना

रहते हैं
जब तक पिता
बना रहता है बचपन
बड़े होने के बाद भी,
चिन्ताएँ रहती हैं कोसों दूर
मन सोचता पिता हैं
तो सब देख लेंगे
सारे दुखों/ चिन्ताओं से
कर लेंगे दो-दो हाथ,
जब होती है दुविधा जीवन में कभी
बन जाते हैं तुरन्त मार्गदर्शक,
अनुभवों की पोटली
जो होती है उनकी गाढ़ी कमाई
खोलते हैं फट से
जब दिसम्बर की कड़ी सर्दियों में
उनकी रजाई में घेर कर बैठ जाते हैं सब बच्चे
सुनने को मनोयोग से,
ज्ञान के अथाह भंडार होते हैं पिता!
बच्चों/नाती/पोतों के एनसाइक्लोपीडिया,
नहीं सताता कभी भी
अकेलापन उनके होते हुए,
पिता का होना
बरकत है जीवन की
चाबी है खुशियों की।

✍ डॉ. भारती वर्मा बौड़ाई

पूँजी

पिता वो पूँजी है
जो समय/असमय
अपनी संतान के लिए
लुटने को तैयार रहता है
जो जीवन भर
मौन समर्पण/त्याग करता है
पर जताता कभी नहीं,
जो उंगली पकड़े
चलता है साथ सदा
प्रत्यक्ष-अप्रत्यक्ष
आश्वस्त करते हुए
कि हर बाधाओं के सम्मुख
चट्टान बन मैं खड़ा हूँ न
तुम बढ़ते चलो,
जो सबकी सुनता है
पर अपनी कभी
कह पाता नहीं,
उसके पास पूरे घर के लिए
समय होता है
पर उसके लिए किसी के पास
समय नहीं थोड़ा सा भी,
नहीं करता शिकायत कभी
जलता है सूरज की तरह
घर को आलोकित करने के लिए।

डॉ. भारती वर्मा बौड़ाई

पिता के कन्धे

जिम्मेदारियाँ निभाते
कर्तव्यों की दीर्घ सूची पूरी करते
आयु की ढलान पर पहुँचे
पिता के शक्तिशाली कन्धे
क्षीण हो चुके होते हैं
बेटी ससुराल/बेटे अपनी गृहस्थियों
नौकरी/बच्चों में लगे होते हैं,
कमजोर माँ–पिता भी
बड़ी आयु के रोगों को झेलते
बड़े हो चुके नाती–पोतों के
संसार में अनपेक्षित/उपेक्षित से
घर के गेट को देखते रहते हैं
इस आशा में .एक दिन बेटा
पिता के अशक्त कन्धों को
थपथपा कर कहेगा
निश्चिन्त रहिए .मैं हूँ न आपके पास/साथ
पर कहती है बेटीमैं हूँ न!
वे अशक्त कन्धे स्नेह की ऊष्मा पा
बेटी के सिर पर आशीष भरा हाथ रख
शक्तिशाली अनुभव करते मुस्कुराते हैं।

✍ डॉ. भारती वर्मा बौड़ाई

पापा थे तो..

पापा थे तो हर दिन
त्योहार लगता था
समोसे और जलेबी का
कितना इंतजार रहता था
सबसे बड़े समोसे के चक्कर में
सबसे पहले मैं ही देखती
कुछ समझ न आता तो
सबका छोटा सा
कोना तोड़ लेती थी,
फिर आप अपने में से तोड़ कर
मुझे देते यह कहते हुए
" और यह मेरी तरफ से "
कितने अच्छे थे वो दिन
न कोई चिंता थी
न कोई जिम्मेदारी,
कितनी यात्राएँ हमने साथ की
एक-एक चीज आप
विस्तार से समझाते/दिखाते थे,
वो सुखद पल सब
स्मृतियों में सहेज रखे हैं,
तब मोबाइल का युग कहाँ था,
सोचती हूँ भूलने पहले
सारी स्मृतियाँ शब्दों में पिरो डालूँ,
मेरी स्मृति आप जैसी तीक्ष्ण नहीं है न.!

डॉ. भारती वर्मा बौड़ाई

घर की छत

सब कहते हैं
पिता घर की छत
नभ की तरह विशाल
धूप में शीतल छाया
दुख में मजबूत कन्धा होते हैं
पिता के होते सब निश्चिंत होते हैं
बच्चे सदा बच्चे बने रहते हैं
दुख आसपास फटकने से भी डरता है,
जो पिता सबका आधार होता है
क्या कभी सोचा
उन पिताओं के बच्चों ने
कि वृद्धावस्था में वे भी
अपने पिता का आधार बने
हम हैं न .कह कर उन्हें निश्चिंतता दें
जिम्मेदारियों के निर्वाह में
ध्वस्त हो चुके स्वप्नों के
पूरा करने के लिए सोचें
दो घड़ी पास बैठ कर स्नेह-निर्झर बहाएँ,
कल के बच्चे आज पिता हैं
तो कल के पिता का अनकहा अनुभव करें,
अन्यथा वे भी कल के पिता बन
अपने अनकहे सुख-दुखों की गठरी थामे
नितांत एकाकी होकर
ईश्वर से अपने पास बुलाने की
नित्य प्रार्थना करेंगे।

✍ डॉ. भारती वर्मा बौड़ाई

स्मृतियाँ

चंदन की तरह
सुवासित करती हैं स्मृतियाँ,
टूटती/बिखरती हूँ
रोने को कंधा ढूँढती हूँ
कंधा बन संभाल लेती हैं स्मृतियाँ,
एक एक दिन कर
वर्ष ग्यारह बीत गए
कोई दिन ऐसा नहीं
जब नयनों से अश्रु न बहे
रीत चुके मन को
भरती/सँवारती हैं स्मृतियाँ,
शब्द ही अब मित्र हैं
जो पीर उर की जानते हैं
आगे बढ़ कर हाथ थामे
अकथ वेदना को शब्दों में ढालते हैं
जब लगे दूर किनारा
तारणहार बनती है स्मृतियाँ
है यही एकमात्र पूँजी
सबसे छिपा गाहे–बगाहे खोलती हूँ
उंगली पकड़ कर आपकी
बचपन की गलियों में
खिलखिलाते डोलती हूँ
उतर आते हो उस लोक से
जब बुलाती हैं तुम्हें स्मृतियाँ।

✍ डॉ. भारती वर्मा बौड़ाई

पिता के हाथ का

पिता के हाथ से
खाया एक टुकड़ा
ईश्वर के प्रसाद से
किसी भी तरह कम नहीं होता
छप्पन भोग भी
इसके सामने पड़ जाते हैं
एकदम फीके,
जब सिर हो
उनका आशीष भरा हाथ
लगता है जैसे
साक्षात ईश्वर खड़े हो सामने
क्योंकि ईश्वर को तो
देखा नहीं किसी ने
तभी तो पिता ही
होते हैं ईश्वर अपने बच्चों के,
ये जीता-जागता ईश्वर
अपने बच्चों के
अधरों पर मुस्कान देखने के लिए
अपने दिन-रात/सुबह-शाम
सब कर देता है उनके नाम,
पर जीवन संध्या में उसके हिस्से
चुपचाप अपने घर में/वृद्धाश्रम में
एकाकी होकर प्रतीक्षा ही आती है
ईश्वर भी अकेला ही होता है न!

✍ डॉ. भारती वर्मा बौड़ाई

निश्चिन्त पिता

जीवन भर
परिवार के लिए
भागते रहे पिता
धूप हो या छाया
हो मूसलाधार वृष्टि
सर्दी हो या गर्मी
कुछ भी नहीं देखा
बस देते रहे अपना
शत–प्रतिशत परिवार के लिए,
अपने छूट गए/धुँधला गए
सपनों की ओर भूले से भी
नहीं देखा कभी मुड़ कर,
अब जीवन के चौथे दशक में
घर के बरामदे/आँगन की
धूप में कुर्सी पर बैठे पिता
निहारते हैं अपने लगाए वृक्षों को
पढ़ते हैं कभी अख़बार
अध्ययन कक्ष की अलमारियों में
जतन से खरीदी/सहेजी/संग्रह की पुस्तकें
पत्नी के हाथ की बनी चाय पीते हुए पढ़ते हैं,
क्या किया जीवन भरकेवल नौकरी
और बटोरी पुस्तकेंजो रद्दी के भाव जाएँगी
तुरन्त अपनी विरासत सम्भालने की जिम्मेदारी
बिटिया को सौंप निश्चिन्त हो जाते हैं।

डॉ. भारती वर्मा बौड़ाई

व्यक्तिगत परिचय

रणजोध सिंह

जन्म – 22 जनवरी, 1963

स्थाई पता – सन विला, फ्रेंड्स कॉलोनी, नालागढ़, सोलन हिमाचल प्रदेश

मोबाइल – 9418158741

ईमेल – ranjodh63@gmail.com

सम्प्रति – रिटायर्ड एसोसिएट प्रोफेसर राजकीय महाविद्यालय रामशहर जिला सोलन हिमाचल प्रदेश – 174102

विशेष योगदान – वर्ष 2009 से लेकर वर्ष 2017 मुझे इंदिरा गांधी राष्ट्रीय मुक्त विश्वविद्यालय (इग्नू) की नालागढ़ शाखा में समन्वयक के पद पर कार्य करने का सौभाग्य प्राप्त हुआ। इस इकाई का आरम्भ मात्र 2 छात्रों के साथ हुआ था, लेकिन वर्ष 2017 तक छात्रों की संख्या 800 तक पहुँच गई थी

विशेष रूचि – पर्वतारोहण एवं व्यंग्य लेखन

साहित्यक यात्रा – अपने विधार्थी काल में हिमाचल प्रदेश राजकीय सांध्य महाविद्यालय शिमला की वार्षिक पत्रिका ' सांध्य गरिमा ' में मुझे हिंदी विभाग का छात्र सम्पादक बनने का अवसर मिला। मेरी कविताएं, कहानियाँ एवं लेख विभिन्न समाचार पत्रों जैसे जनसत्ता, दैनिक ट्रिब्यून, पंजाब केसरी, दैनिक भास्कर, गिरिराज, हिमाचल दस्तक और साहित्यिक पत्रिकाओं जैसे शुभ-तारिका तथा साहित्य-हंट आदि में छपते रहे हैं। भाषा एवं संस्कृति विभाग हिमाचल प्रदेश के सौजन्य से मुझे अनेक कवि सम्मेलनों में काव्य-पाठ का अवसर भी प्राप्त हुआ है।

पिता एक छत

जैसे
घर के छत-चौबारे
गर्मी, सर्दी
आँधी और तूफानों से
घर को सदा बचाते हैं।
ठीक वैसे ही
पिता
हर मुसीबत में
बच्चों के
छत-चौबारा बन जाते हैं।

ये पिता ही हैं
जो बच्चों को
राह सही दिखलाते हैं
जब माँ के स्नेह-वचन
अर्थहीन हो जाते हैं
तब पिता के तीव्र-वचन
रामबाण बन जाते हैं।
"पापा नहीं मानेंगे।" माँ के इस संबल से
पिता अनजाने ही
खलनायक बन जाते हैं।

पर वे विचलित नहीं होते,
क्योंकि, जीवन नहीं रेल का पथ
सीधा और सपाट।
बल्कि टेढ़ा-मेढ़ा है,

जिसमे असंख्य मोड़ आते हैं
कहीं गति–अवरोधक,
कहीं गडढे,
कहीं ट्रैफिक–जाम,
कही धरना–प्रदर्शन,
अपना रंग दिखलाते हैं।

इसलिये, पिता सदैव,
कठोर मार्गदर्शक बन जाते हैं
भले बच्चों को खलनायक लगे
पर उनकी खातिर
सब कुछ सह जाते हैं।
खुद पहनते हैं
कुर्ता–पायजामा
बच्चों को सूट–बूट पहनाते हैं।
स्वयं स्कूल का मुहँ नहीं देखा
दिल के टुकड़ों को कॉलेज पहुँचाते हैं।

बड़े बद–किसम्मत होते हैं वो
जिनके सिर से
पिता के साये उठ जाते हैं।
बिना छत के घर, घर नहीं,
खंडहर बन जाते हैं।

✍ प्रो. रणजोध सिंह

घने दरख्त

छू न पाए बच्चों को
कोई बर्फानी हवा
इसलिए,
शम्मा बन पिघलते हैं।
कहीं छू न ले सूरज की तपिश
इसलिए,
घने दरख़्तों सी छांव करते हैं।
मुक्तसर,
ताउम्र बच्चों का रंजोगम
मुस्कुरा कर सहते हैं।
प्रेमवश
मेरी दुनिया के लोग इन्हें
मम्मी पापा कहते हैं।

प्रो. रणजोध सिंह

पिता- एक कल्पतरु

बच्चों की मुस्कान की खातिर
अपनी मुस्कान भुलाता है
बच्चें रखता राजा जैसे
खुद भिखारी लगता है
वह और नहीं कोई यारों
यकीनन,
बच्चों का पिता होता है।

बन हिमालय बच्चों संग
आडिग खड़ा रहता है
उनके संग केवल हंसता है
पर तनहाई में रोता है
यकीनन,
वह और नहीं कोई यारों
बच्चों का पिता होता है।

बच्चों के आगे बढ़ने पर
सबसे ज्यादा खुश होता है
उनकी हर सफलता पर
जो लड्डू बांट के आता है
यकीनन,
वह और नहीं कोई यारों
बच्चों का पिता होता है।

पिता है तो बच्चों की आंखों में
जिंदा ढेरों सपने हैं

पिता है तो मेले के
सब खिलौने अपने हैं
बनकर कल्पतरु घर में ढेरों खुशियां लाता है
यकीनन,
वह और नहीं कोई यारों
बच्चों का पिता होता है।

बाहर से कठोर अंदर से मखमल होता है
बच्चों को सर्कस का शेर नहीं
जंगल का शेर बनाता है
जिसके कारण गर्म हवा का कोई झोंका
बच्चों को छू तक नहीं पाता है
यकीनन,
वह और नहीं कोई यारों
बच्चों का पिता होता है।

✍ प्रो. रणजोध सिंह

मन्नत का धागा

मेरे आंगन का
वह बूढ़ा वृक्ष
मेरे पिता के जैसे
कहां कुछ लेता है।
फल तो नहीं देता
छाया अवश्य देता है।
जब दानिशमंदी
जवाब देने लगती है
चहुँ ओर अँधेरा दिखता है।
अनायास ही मेरे भीतर
ज़िन्दा हो जाता है
मासूम सा एक बच्चा
वह चुपचाप
उस वृक्ष पर
बांध देता है
मन्नत का एक धागा।
बूढ़ा वृक्ष
देता है दुआए बेहिसाब
रहता है खामोश
जैसे कोई ना-समझ अभागा।

✍ प्रो. रणजोध सिंह

फॉर्मल ड्रेस (लघु-कथा)

हर वर्ष की भांति इस वर्ष भी सोनू के स्कूल में वार्षिक पुरस्कार वितरण समारोह होने वाला था, मगर इस वर्ष इस समारोह को लेकर सोनू अति-उत्साहित था। क्योंकि उसने दसवी कक्षा में प्रथम स्थान प्राप्त किया था, जिसके लिए उसे भी सम्मानित किया जाना था।

उसके अध्यापकों ने उसे हिदायत दी कि पुरस्कार ग्रहण करने के लिए यदि वह फॉर्मल ड्रेस में आए तो अच्छा रहेगा। मगर उसके पापा की इतनी हैसियत न थी कि वह अपने बेटे के लिए फॉर्मल ड्रेस खरीद पाए। मगर सोनू की मम्मी के आग्रह पर उन्होंने अपने बजट में कई प्रकार की कटोतियां कर, उसे उसके मनपसंद कपड़े दिलवा दिए।

समारोह वाले दिन सफेद कमीज, ग्रे पेंट व नीले कोट को पहनकर वह फुला नहीं समा रहा था। तभी उसके दोस्तों ने बताया कि इन कपड़ों के साथ स्पोर्ट्स शूज़ नहीं चलेंगे। उसका सारा नशा उतर गया। उसके पास चमड़े के जूते तो थे ही नहीं। मम्मी जी ने उसे सुझाव दिया कि वह एक दिन के लिए अपने पापा के जूते पहन कर स्कुल चला जाए। सौभाग्यवश उसके पिता जी के जूते चमड़े के थे और सोनू को एकदम फिट भी आते थे।

उसने चुपचाप अपने पापा के जूते पहने और शीघ्रता से स्कूल के लिए निकल गया। थोड़ी ही देर में उसने महसूस किया कि पापा के जूते पहनकर चलना तो किसी दुर्गम पहाड़ी की चोटी पर चढ़ने जैसा कठिन था। उनके जूते ऊपर से तो ठीक नजर आते थे, मगर अंदर से वह मृतप्राय हो चुके थे। जूतों का ताला कीले ठोक-ठोक कर किसी तरह साँसे ले रहा था। इस बीच कीलों ने सोनू के नाजुक पैरों को काटना आरंभ कर दिया था। सोनू को एक बैरागी तो अपने पापा पर बहुत गुस्सा आया। वह सोचने लगा कि जो व्यक्ति सरकारी नौकरी में होने के बावजूद अपने लिए ढंग के जूते भी नहीं खरीद सकता वह व्यक्ति जीवन में और क्या करेगा। उसे लगा कि उसके पापा दुनिया के सबसे कंजूस इंसान है। खैर यह सब बातें तो बाद की थी उस समय प्रश्न यह था कि इन जूतों के साथ समय पर स्कूल कैसे पहुंच जाए। उसने किसी तरह घिसटते हुए एक बार फिर चलने की कोशिश की मगर उसकी कोशिश नाकाम साबित हुई। उसका रोना निकल गया और वह सर पड़कर वहीं बैठ गया।

अचानक किसी ने उसके कंधे पर हाथ रखा, उसके आश्चर्य की सीमा न रही जब उसने देखा कि उसके पापा अपने हाथों में एक जूते का डब्बा लेकर खड़े हैं। हंसते हुए बोले, "तुम्हारी मम्मी ने मुझे बताया कि आज तुम फॉर्मल शूज के चक्कर में मेरे जूते पहन कर चले गए। परंतु मेरे जूते तो

बुरी तरह से फट गए हैं उन्हें तो केवल मैं ही पहन सकता हूं। वैसे इस महीने मैं जूते खरीदने ही वाला था मगर फिर तुम्हारी फॉर्मल ड्रेस का मसला सामने आ गया और मैंने नए जूते खरीदने का विचार पोस्टपोन कर दिया। अब ये लो नए जूते और अच्छे से पुरूस्कार ग्रहण करो।" इससे पहले कि सोनू कोई प्रतिक्रिया करता, उन्होंने शीघ्रता से नए जूतों का पैक्ट सोनू को थमा दिया और स्वयं उसके पुराने जूते लेकर घर के लिए वापिस चल दिए।

आज सोनू को अपने स्कूल में प्रथम पुरस्कार मिला था। मंच से उसकी भूरि-भूरि प्रशंसा हुई थी। मगर वह लगातार अपने पिताजी के बारे में सोच रहा था। अब तक उसे समझ आ गया था कि उसकी पढ़ाई के पीछे उसके मम्मी-पापा की कितनी अहम भूमिका है।

स्कूल से आते ही उसने अपने मम्मी-पापा के चरण स्पर्श किये और प्रथम पुरस्कार के रूप में मिला चमचमाता हुआ रजत-कप अपने पापा के क़दमों में रख दिया, और रुधे हुए गले से बोला, "इस पुरस्कार के असली हकदार तो आप ही हैं।" पापा ने उसे हँसते हुए गले लगा लिया।

✍ प्रो. रणजोध सिंह

आशीर्वचन (लघु-कथा)

रोहण की उम्र अभी मात्र पचीस वर्ष की ही हुई थी कि वह बीमार रहने लगा उसके पिता श्री बिना समय गवाए उसको अच्छे अस्पताल में लेकर गए। योग्य डॉक्टर ने उसके अनेक परीक्षण कर बताया कि रोहण उच्च रक्तचाप व रक्तवसा का रोगी बन गया है। डॉक्टर ने कुछ दवाइयाँ दी और साथ ही कुछ हिदायतें भी। डॉक्टर साहब ने स्पष्ट बताया कि यदि वह चाहता है कि उसका आगामी जीवन सुखद हो तो उससे अपना लाइफ स्टाइल यानि जीवन-चर्या बदलनी पड़ेगी। समय पर सोना, समय पर जागना और कम से कम सात घंटे की नींद तो अनिवार्य रूप से लेनी ही पड़ेगी। फास्ट-फूड व तली हुई चीजों से पूर्ण रूप से परहेज करना होगा। इसके अतिरिक्त सवेरे उठकर कोई व्यायाम करना या फिर सुबह शाम सैर करनी होगी।

ऑन-लाइन दुनिया का नायक रोहण, डॉक्टर की इतनी सारी हिदायतें सुनकर परेशान हो गया। अपने परिवार वालों के ज़ोर डालने पर उसने व्यायाम करने के उदेश्य से जिम जाना तो प्रारंभ कर दिया मगर खाने-पीने को लेकर वह अभी भी गंभीर नहीं था। क्योंकि बचपन से ही वह फास्ट-फूड का शौकीन था और पिज्जा-बरगर देखते ही उसकी लार टपकने लगती थी। घर के सारे सदस्य उसकी इस आदत से परेशान व चिंतित थे मगर वह फास्ट-फूड को देखकर स्वयं को रोक नहीं पाता था। एक सुबह वह अपने पिताजी को लेकर उनके निजी वाहन से बैंक जा रहा था। तभी रास्ते में पड़ने वाले पेट्रोल-पम्प पर वह गाड़ी से नीचे उतरा और पेट्रोल डालने वाले लड़के को बड़े रोब से हिदायत देते हुए बोला, 'टैंक फुल कर दो, मगर ध्यान रखना पेट्रोल-गाड़ी है, पेट्रोल ही डालना, कहीं डीजल डालकर गाड़ी का सत्यानाश न कर देना।"

गाड़ी फुल करवाने के बाद रोहण जैसे ही ड्राइविंग सीट पर बैठा, पिताजी बड़े ही स्नेहपूर्वक कहा, "बेटा तुम पांच-सात लाख की गाड़ी के लिए इतनी चिंतित हो कि कहीं डीजल डालने से खराब न हो जाए। मगर जरा सोचो तुम्हारा शरीर तो अमूल्य है, करोड़ों-अरबों रुपए लगाकर भी इसे प्राप्त नहीं किया जा सकता। फिर क्या सोचकर तुम इसमें बेकार का कूड़ा-कचरा डालते रहते हो?"

रोहण को काटो तो खून नहीं। उसके पिताजी के स्नेहहिल आशीर्वचन ने उसे यह अहसास करवा दिया था कि उसका शरीर कोई डस्टबिन नहीं कि उसमें बिना सोचे समझे कुछ भी डाल दिया जाए। उसने मन ही मन निश्चय किया कि अब वह अपने परिवार व पिता जी की आकाँक्षाओं को पूरा करके दिखाएगा।

खुशियों की चाबी (लघु-कथा)

श्याम प्रसाद जी अपने तीनों पुत्रों, पुत्र-वधुओं तथा पोते-पोतियाँ संग सड़क पर खड़े होकर अपने भतीजे की शादी में शामिल होने के लिए बस का इन्तजार कर रहे थे। वे स्वयं तो साधन-सम्पन्न थे ही, उनके तीनों पुत्रों पर भी मां लक्ष्मी की असीम कृपा थी। यद्यपि सबके पास अपने-अपने निजी वाहन थे मगर श्याम प्रसाद जी की मंशा कुछ और ही थी। उन्होंने गंतव्य तक पहुंचने के लिए एक छोटी वातानुकूलित बस का इंतजाम कर रखा था।

बस का नाम सुनते ही सभी लोग नाक-भौं चढ़ाने लगे मगर बस के चलते ही सफर सुहाना हो गया। बस में एक साथ बैठने पर उन्हें पहली बार एहसास हुआ कि परिवार क्या होता है। परिवार का प्रत्येक सदस्य एक दूसरे से हँसी-मज़ाक कर रहा था। तीनों पुत्र अपने बचपन के किस्से यादकर ठाहके लगा रहे थे तथा छोटे-बच्चे ऐसे घुल मिल गए थे जैसे एक दुसरे को बरसों से जानते हो। पुत्र-वधुएँ एक दुसरे के वस्त्र-विन्यास की प्रशंसा करते हुए अपना सुख-दु:ख भी साँझा कर रही थीं। हँसते-हँसाते कब उनका गंतव्य आ गया, उन्हें पता ही न चला।

इस बीच श्यामा प्रसाद जी ने उन्हें समझाया, "विवाह का मतलब मात्र दूल्हा-दुल्हन को शगुन देना ही नहीं होता। कोई भी विवाह, उत्सव तभी बनता है जब पूरा परिवार एक साथ हो। थोड़ी देर के लिए ही सही, एक दूसरे के साथ बिताया वक्त यादगार बन जाता है, मगर यह निजी कारों में कभी संभव नहीं। इसीलिए आज के सफर के लिए मैंने बस का चुनाव किया।"

सभी लोग प्रसन्न थे क्योंकि श्यामा प्रसाद जी ने बड़ी सूझ-बूझ से खुशियों की अनमोल चाबी उनके हाथों में सोंप दी थी।

✍ प्रो. रणजोध सिंह

बेटी के लिये (लघु-कथा)

घर में अन्जस के अलावा कोई और न था, बगीचे में काम करने वाले माली को चाय उसे ही देनी थी। डाईनिंग टेबल पर मिठाई के दो डिब्बे पड़े थे। पहले वाले डिब्बे की मिठाई पुरानी होने के कारण वासी हो चुकी थी। दूसरे डिब्बे में उसकी मनपसंद काजू बर्फी थी जो वह पिछले ही कल बाज़ार से लाया था। उसने न चाहते हुये भी वासी मिठाई का कुछ भाग माली को चाय के साथ दे दिया। वह लगातार कनखियों से माली को देख रहा था। माली ने चाय तो पी ली मगर मिठाई नहीं खाई और उसे लेकर चुपचाप गेट की तरफ बढ़ गया। अन्जस ने सोचा शायद माली को भी यह पता लग गया कि मिठाई वासी है, शायद इसीलिए वह उसे फैंकने गेट के पास गया है। वह भी दबे पाँव माली के पीछे–पीछे गया। मगर यह क्या ! माली ने बड़ी सावधानी पूर्वक मिठाई अपने औजारों वाले थैले में रख ली और दोबारा काम करने लग गया। यह सब कुछ देखकर अन्जस ने जिज्ञासावश पूछ ही लिया, "मिठाई क्यों नही खाई? " माली कृतज्ञता के भाव से बोला "साहिब हमार बिटिया को मिठवा बहुतो पसंद है हम यह मिठवा उसी की खातिर ले जात रहे हैं।"

बेटी के प्रति एक पिता का स्नेह देखकर अन्जस की आँखें भर आई और मन ही मन उसे अपनी सोच पर ग्लानी होने लगी। वह जल्दी से घर के भीतर गया और जब बाहर आया तो उसके हाथ में काजू बर्फी का डब्बा था। उसने तुरन्त वह डिब्बा माली के हाथों में रख दिया और बोला "तुम्हारी बेटी के लिये......।"

✍ प्रो. रणजोध सिंह

व्यक्तिगत परिचय

सुश्री श्यामली कर्मा

जन्मतिथि – 11/04/1988
पिता – श्री डॉ.राधेश्याम कर्मा
माता – श्रीमती किरन कर्मा
शिक्षा – Ph.D Research Scholar (अंग्रेजी साहित्य), एम . ए (अंग्रेजी साहित्य), एम . ए (लोक प्रशासन), बी .कॉम, मॉडर्न ऑफिस मेनेजमेंट (M.O.M), D.C. A, C.P.C.T
सम्प्रति – सहायक–वर्ग 3 (उच्च शिक्षा विभाग म . प्र)
लेखन विधा – कविता, कहानी, लेख
प्रकाशित कृतिया – 'भारतनामा' कहानी संग्रह मे लघु कथा एवं लेख प्रकाशित, 'त्रिधारा' पत्रिका मे कविता प्रकाशित, 'सारंग इंडिया ' त्रैमासिक पत्रिका मे कविता प्रकाशित, 'मेरी नजर से ' काव्य संकलन में कविता प्रकाशित, 'आत्मजा ' कहानी संग्रह में कहानियां प्रकाशित, 'मेरी मां मेरे एहसास ' साझा काव्य संग्रह में रचनाएं प्रकाशित, 'आज़ादी ' संकलन में रचना प्रकाशित, 'अमर जवान' साझा काव्य संग्रह में रचना प्रकाशित, 'मेरा भारत महान' साझा संकलन में रचना प्रकाशित इत्यादि . . . .
प्राप्त सम्मान – भारतनामा लेखक सम्मान, सारंग इंडिया लेखक सम्मान, आत्मजा सृजक सम्मान, बानी साहित्य सम्मान, माँ साहित्य सम्मान, राष्ट्र वाहक कलमकार सम्मान
वर्तमान पता – श्री निलकंठेशवर शासकीय स्नातकोत्तर महाविद्यालय, सिविल लाइन नियर ओवर ब्रिज खंडवा म . प्र.(450001)

आ गए....

चंचलता को छोड़ते छोड़ते
आज हम समझदारी के पथ पर आ गए...
जिन बातों पर कभी आता था क्रोध,
उन बातों पर आज मुस्कुरा कर आ गए...
आए थे घने अंधेरे जीवन में अचानक
अंधेरों से निकलकर अब हम उजालों में आ गए...
थे कभी नादान के बातें समझ न पाते थे
अब आलम यह है कि चेहरे पढ़ते आ गए...
छोड़कर वो अल्हड़पन, वो सौंदर्य प्रेम,
परिपक्वता की एक सूरत में आ गए...
देखे हैं कई मौसम इन आंखों ने पर,
सावन इस बार आषाढ़ में आ गए...
थे जिनके दिमाग में हम कभी,
देखते देखते हम उनके दिल में आ गए...
जाने वाला चला गया है जीवन से
पर ना जाने क्यों यह एहसास होता जा रहा है
लगता है आप गए नहीं हो मुझ में आ गए हो...

✍ सुश्री. श्यामली कर्मा

आखिर सब बीत गया...

देखा है आपका वह संघर्ष, वह कठिन दौर
कहते थे आप यह वक्त भी गुजर जाएगा
आखिर वह बीत गया..
आपका जिंदगी से वह मलाल कि
मेरी बच्चियां बिना खिलौनों के गुजार रही है बचपन
बचपन भी आखिर वह बीत गया...
आपके साथ बैठकर वह गपशप
वह साहित्य की बारीकियां समझाना
मेरे समझ जाने पर आपका खुश हो जाना
आखिर वह भी बीत गया...
आपसे फोन पर देर तक बातें करना
आपका हर बार मुझे हंसा देना
आखिर वह वक्त भी बीत गया..
बरस दर बरस गुजर रहा है समय
आपकी आवाज सुने बिना
आपकी आवाज का वो जादू भी
आखिर बीत गया...
बहुत कुछ है जो बीत गया..
जो आया है जीवन में वह है
थोड़ी समझदारी, थोड़ा सबर,
यादों के साथ रहने का हुनर
और भी थोड़ा थोड़ा बहुत कुछ..
बाकी तो दुनिया है... होता है... चलता है....
जो बीत गया वह बीत गया

✍ सुश्री. श्यामली राधेश्याम कर्मा

अब संभल चुकी हूं मैं...

जब निराशा से घिरती हूं,
आपके हाथ को अपने सर पर महसूस करती हूं मैं,
आप पास नहीं पर साथ हैं, यह जान चुकी हूं मैं...

आपके लौट आने की दुआ आज भी कर देती हूं मैं,
आपकी मजबूरी के आप आ नहीं सकते यह जान चुकी हूं मैं...

कुछ नहीं बदला यह मान चुकी हूं मैं,
बस अब खुली आंखों से नहीं,
बंद आंखों से नज़र आते हो आप यह जान चुकी हूं मैं...

मानती हूं बेतहाशा टूटी हूं मैं,
पर दर्द बढ़ते-बढ़ते दवा हो जाता है
अब यह जान चुकी हूं मैं..

पापा आपका अचानक यूं चले जाना,
भीतर से तोड़ चुका है मुझे...
फिर भी बस यह कहना चाहती हूं मैं
आप फिकर मत करना,
अब संभल चुकी हूं मैं
अब संभल चुकी हूं मैं...

सुश्री. श्यामली राधेश्याम कर्मा

पापा

अब लोग भी बहुत समझदार और सुलझी हुई लड़की कहने लगे है मुझे,
आज आपका मुझे "मेरी समझदार बेटी "कहना बहुत याद आया पापा....

खुशी का पल या हो कोई गम भरा कल,
हर पल में आपका मेरे साथ होना आज बहुत याद आया पापा...

जानती हूं आशीर्वाद तो आपका मुझ पर सदा रहेगा
पर आशीर्वाद के साथ मेरे सर पर रखा हुआ
आपका वो हाथ आज बहुत याद आया पापा....

आज मिले तमाम तोहफो के बीच
आपका अपनी अलमारी से मुझे डायरी निकाल कर
तोहफे में देना आज बहुत याद आया पापा...

याद है मुझे, कहा था आपने इस डायरी में लिखना बेटा
पर सच कहूं अब उस डायरी में कुछ भी लिखा नहीं जाता पापा..

सभी की शुभकामनाओं के बीच
आज आपका शुभ-आशीष सच्ची...
बहुत याद आया पापा...

✍ सुश्री. श्यामली कर्मा

व्यक्तिगत परिचय

सुश्री सीमा शुक्ला "चाँद"

जन्मतिथि - 31/03/1979

पिता - श्री बाल मुकुन्द शुक्ला

माता - श्रीमती शोभा शुक्ला

शिक्षा - एम फिल (अंग्रेजी साहित्य), स्नातकोत्तर (3 विषयो मे अंग्रेजी साहित्य, हिन्दी साहित्य, समाजशास्त्र) एल एल बी, बी एड

अन्य - स्लेट (अंग्रेजी साहित्य)

सम्प्रति - सहायक प्राध्यापक (अंग्रेजी)म प्र उच्च शिक्षा विभाग

संपादन - 'मिल्टी डिसिपिलिनरी रिसर्च डाइमेन्सन' मे सह संपादक, 'ई लर्निंग इन 21 सेन्चुरी' मे सह संपादक, 'रिसर्च एंड पब्लिकेशन इथिक्स में सह संपादक, डिसकोर्स एनालिसिस ऑफ द अर्ली वर्क ऑफ झुम्पा लेहरी, अचबे एण्ड देसाई इको क्रिटिसिजम, फेमीनिज्म इन पी बी शैली एण्ड जयदेव पोयटरीस, लिटररी थैयरी एंड कल्चर : अ प्राईमर, द रिसर्च केटेलिस्ट इ जर्नल, सह लेखक पी.एच.डी. एन्टरेन्स गाईड

प्रकाशित कृतिया - अंग्रेजी भाषा में प्रकाशित : कहानी संग्रह : 'द ब्लासम' में एक कहानी, काव्य संग्रह : 'द फ्लाइंग पोईटिक्स' में एक कविता हिन्दी भाषा मे : काव्यमंजरी, मात्तृछाया, उडान, नवसृजन, आत्मजा, मेरी नज़र से, भारतनामा, भारत@75, अमर जवान, मेरा भारत महान, तेरी नज़र से

स्थाई पता - सी वही रमन वार्ड बारापत्थर सिवनी म प्र 480661

फोन न - 7000403106, 9584678031

पितृदिवस

जब मै छोटी बच्ची थी, पापा गोदी में मुझे उठाते थे.
कितने भी थके हो सारा दिन, नखरे सभी मेरे हँस कर पूरे करवाते थे.
मेरे लिए गुड़िया खिलौने चौका चूल्हा अक्सर ले आते थे
मेरी हर जरूरत हो पूरी इसलिए अपनी जरूरते भूलाते थे.
मै ना गिर जाऊ कँही कभी ऊँगली थाम कर बाहर ले जाते थे.
मेरी राह मुझे हर वक्त मार्गदर्शक बन दिखलाते थे.
ज़रा सा दर्द हो जो कभी शिश में अपने हाथो सर भी मेरा दबाते थे.
सब कुछ तुम कर सकती हो हर पल कहकर ये हौसला मेरा बढाते थे
उस वक्त बीन बोले पापा मेरे हर दिन मेरे लिए बाल दिवस मनाते थे.
आज वक्त ने करवट ली है अब, पापा मेरी ऊँगली थाम के ही चल पाते हैं
मै जब थक कर लौटू घर को माँ की शिकायत सारी मुझे बताते हैं
बात बात पर मुझको बेटा कह कर, सभी से संघर्ष मेरे सुनाते है.
जब भी पा जाते हैं मीठा कुछ भी, बच्चो सा मुस्कुराते हैं.
हो जाए जो देरी मुझको अब भी, फिक्र में मुझे डाँट लगाते है.
चल नहीं पाते अब अच्छे से फिर भी, हौसला मुझे अब भी दे जाते हैं
जीवन भर यकीनन हर पिता, अपने यही यूँही हर फर्ज निभाते हैं.
आज यही जन्मदाता कितने ही कँही सड़को पर, कँही वृद्धाश्रम की शोभा बढ़ाते हैं.
जिनके त्याग तपस्या ने हमें बनाया, हम सभी ना जाने क्यों उन्हे हर वक्त भुलाते हैं.
दो रोटी तन पर कपड़े एक छाया के मोहताज हैं,
जो उनके बच्चे अब एक दिन उन्हें याद कर आते हैं
मीठे बोल दो अपनेपन के भूला, दिखावे के चित्र के लिए मिलने जाते हैं.
अच्छा है हम संग हैं माँ बाप के हर पल, हर लम्हा मातृ पितृ दिवस मनाते हैं

✍ सीमा शुक्ला चाँद

पापा

थामकर हाथ जिनका सदा, मैने सिखा चलना.
उँगली पकड़कर मेरी वो, अब सिख रहे थोडा.सम्भहलना.

मेरे एक खिलौने के लिए, रात दिन पड़ता था उन्हे जलना
बहाते थे रक्त पसीने सा क्योकि, चाहते थे देना मुझे सुखो का पलना

कह दिया था जब अपंग मुझे, चिकित्सा के ज्ञान ने
दे दिया था गुरू मंत्र जीवन का, पिता स्वरूप इसी भगवान ने

मुश्किल था मेरा कभी भी, सूर्य रौशनी में यूँही बेफिक्र हो निकलना
देकर हौसलो के पर मुझे, सिखा दिया हर एक परिस्थिति में सम्भहलना

आज वो बालक से हो गए, पड़ता है उन्हे मुझे कभी कभी छलना
याद आता है हरबार पापाजी के, हाथो को ऊँगलियो को पकड़कर चलना.

थके होने पर भी मुस्कुराकर, मुझे अपने कंधे पर बिठाकर चलना
उनका मेरे उलझे सुलझे केशो में, तेल का रोज़ मलना

मेरी हर उपलब्धि पर उनका, सूर्य सा हो घर से निकलना
उनकी शरण मे आते ही, मेरी हर विपदा का चुटकी में ही टलना

✍ सीमा शुक्ला चाँद

व्यक्तिगत परिचय

रचना शर्मा "राही"

पति – श्री आकाशदीप आनंद

पिता – श्री राधाचरण शर्मा

माता – श्रीमती कमलेश शर्मा

शिक्षा – स्नातक (संस्कृत) दिल्ली विश्वविद्यालय, स्नाकोत्तर (संस्कृत) दिल्ली विश्वविद्यालय, शिक्षा स्नातक (संस्कृत) श्री लाल बहादुर शास्त्री विश्वविद्यालय दिल्ली, ज्योतिष अलंकार और ज्योतिष आचार्य, हस्त रेखा प्रभाकर (भारतीय विद्या भवन दिल्ली)

व्यवसाय – प्रवक्ता संस्कृत (दिल्ली), गद्य, पद्य व मुक्तक विधा में लेखन।

साझा संग्रह – प्राची पब्लिकेशन द्वारा प्रकाशित "नारी हूं मैं" व "अस्तित्व", स्टोरी मिरर द्वारा प्रकाशित "कुछ कहानियां मन की" व "कहानियों का संसार" तथा "शब्द यात्रा", रूबरू पब्लिकेशन द्वारा "एहसाह दिलों के" व "तन्हा दिल"।

सम्मान – रूबरू मंच द्वारा कविता व कहानी विधा में साहित्य श्री सम्मान, प्रतिलिपि पर पाठकों की पसंद में चयन कहानी विधा में, The साहित्य द्वारा Author of the Month Award, Story Mirror द्वारा 15 विशेष कहानियों में "अनुभूति की उड़ान" कहानी का सातवें नंबर पर चयन, "उसका फ़ैसला" कहानी का स्टोरी मिरर द्वारा आयोजित उड़ान भरते कलाकार प्रतियोगिता में पांचवे नंबर पर चयन, The साहित्य द्वारा "सर्वश्रेष्ठ प्रेरक" सम्मान।

एक पिता का सपना (कहानी)

मीरा के कदम मानो जमीं पर नहीं पड़ रहे थे आज। बात ही ऐसी है। आज के दिन का वो बेसब्री से इंतज़ार कर रही थी, अपने लिए नहीं अपने पिता के लिए। उसके पिता का ही तो सपना था कि वो खूब पढ़े लिखे और उच्च पद पर आसीन हो। आज जब उसे कंपनी का सी ई ओ बनाया जा रहा था तो उसे अपने पिता की हर एक बात याद आ रही थी।

जब वो महज दस वर्ष की थी तभी उसकी माता जी का देहांत हो गया। मीरा इकलौती संतान थी। अब तक खूब लाड़ प्यार से पाला था उसके माता-पिता ने। ऐसे में अनायास ही इस घटना का हो जाना उसके लिए असहनीय दु :ख का कारण था। वो गुम सुम रहने लगी। उसका किसी काम में मन नहीं लगता था। ना खाती पीती थी, ना खेलती थी और ना पढ़ती ही थी। बस चुप रहती किसी से कोई बात ना करती। दादा-दादी थे नहीं। नाना-नानी ने अपने पास बुलाया और सोचा कि कुछ बदलाव आएगा उसमें, पर वो जस की तस।

उसके पिता उसकी ये हालत देखकर परेशान रहते। एक तो पत्नी की मौत का गम फिर ऊपर से बेटी का यूं गुम सुम रहना उन्हें अंदर ही अंदर खाए जा रहा था। वो इस समस्या का समाधान चाहते थे। बैंक में अच्छी नौकरी थी। पढ़े लिखे तो थे ही वो। उन्होंने एक मनोचिकित्सक से मिलने का फैसला किया। जब चिकित्सक ने उन्हें परामर्श दिया कि कैसे भी करके वो बेटी से बात करें उसके मन की बात को जाने। उसके साथ समय बितायें। उन्होंने यही करने का फैसला लिया।

उसी दिन सबसे पहले वो मीरा को रेस्टोरेंट लेकर गए और उसे खरीदारी कराई। घर आकर उससे बात की। आज थोड़ा सा बात कर रही थी मीरा। अब सुबह सबसे पहले उसके पिता उसे दूध देते और खुद चाय पीते। फिर उसके तैयार हो जाने पर दोनों साथ ही नाश्ता करते। जब उसका स्कूल से आने का समय होता पिता का फोन आ जाता कि खाना खाना है। उसकी पसंद का समान भी रखा है। वो जल्दी ही आ जायेंगे ऑफिस से। फिर ऑफिस से आकर उसके साथ ही शाम का खाना खाना और दिन भर की उसकी बातों को सुनना। अब यही उनकी दिनचर्या थी।

मीरा के पिता कभी उसे अकेला महसूस नहीं होने देते थे। साथ ही खाना। साथ ही मूवी देखने जाना। खरीदारी कराने ले जाना। साथ ही पार्क में घूमना। उसकी हर जरूरत का ख्याल रखना कि कभी उसे मां की कमी महसूस ना हो। उससे बात करके उसके मन में क्या चल रहा है जानने की कोशिश करते। उसको खुद की समझ से कार्य करने की छूट भी देते। उसका ध्यान भी रखते।

मीरा और उसके पिता ही एक दूजे का सहारा थे अब। समाज के लोगों ने उसके पिता के लिए

रिश्ते बताने शुरू कर दिए। पर उसके पिता ने साफ़ इंकार किया कि वो दूसरी शादी नहीं करेंगे। उन्हें डर था कि मीरा के साथ कोई अन्याय ना हो। पिता और बेटी अपनी दुनिया में मग्न रहते। मीरा का स्कूल खत्म हुआ और कॉलेज शुरू हो गया। उसके पिता चाहते थे कि वो खूब पढ़े। लोगों ने मीरा के लिए रिश्ते बताने शुरू कर दिए। उसके पिता ने कहा कि अभी तो मीरा पढ़ रही है। उन्होंने सभी से मना कर दिया। मीरा से उन्होंने बात की और कहा कि मैं हमेशा तुम्हारे साथ हूं। तुम खूब पढ़ो और आगे बढ़ो। जब कोई पसंद हो तो मुझे जरूर बताना।

अब क्या था? मीरा ने जी जान से पढ़ाई शुरू की फिर नौकरी की तलाश करने लगी। अच्छी अंतर्राष्ट्रीय फर्म में उसे नौकरी मिल गई। फिर रिश्ते आने लगे। उसके पिता ने कहा जब तुम हां कहोगी तभी मेरी हां होगी। आखिर मीरा को दीपक भा गए। उनकी सादगी और सुलझा हुआ बर्ताव उसे पसंद आया। सबसे बड़ी बात कि उसने दीपक को बताया कि कैसे उसके पिता ने अपना जीवन उसके लिए समर्पित कर दिया। वो शादी के लिए अपने पिता को अकेला नहीं छोड़ सकती।

दीपक और उसके घर वालों ने मीरा के पिता को अपने घर रहने के लिए मना लिया। मीरा अपने नए परिवार को पाकर खुश थी। दीपक जैसा जीवनसाथी पाकर वो ख़ुद को खुशनसीब महसूस करती थी। मीरा और दीपक का परिवार आगे बढ़ा। धीरे-धीरे पहले उसके सास ससुर फिर पिता का देहांत हुआ। आज उसके साथ उसके पिता नहीं है पर उनकी कही बातें याद हैं उसे। वो उनके साथ बिताई सारी यादें उसके साथ आज भी जिंदा हैं। उनके दिए संस्कार उसमें आज भी बाकी हैं। उनसे किया हर वादा वो आज भी निभा रही है।

आज उसने अपने पिता के सपने को साकार कर दिया है। जब उसकी पदोन्नति का समारोह हो रहा है उसे उसके पिता मुस्कराते हुए नज़र आ रहे हैं और उसे आशीर्वाद दे रहे हैं। वो अपने पिता की आंखों में खुशी के आंसू देख पा रही है। सबकी निगाहें उसपर टिकी हैं और उसकी निगाहें खोज रही हैं अपने पिता को जो अब वहां से ओझल हो चुके हैं।

✍ रचना शर्मा "राही"

व्यक्तिगत परिचय

नागेश सू. शेवाळकर

प्रकाशित रचनाएं - **साझा कथासंग्रह** – 1) अल्फाजोंकी उड़ान, 2) किलकारी, 3) Still I Rise, 4) कथासागर, 5) विविधा–1, 6) भारत के नवरत्न, 7) Bunch of emotionas, 8) भारतनामा, 9) सारंग इंडिया, 10) 21वी सदी के 11 हिंदी कहानीकार, 11) विविधा–2, 12) भारत @ 75' पार्ट –2, 13) प्यार का जन्म 14) अवंति 15)सबके अपने, अपने–अपने राम, 16) Penning Down My Artistry 17) अढ़ाई अक्षर, 18) युगद्रष्टा 19) आज़ादी, **हिंदी कहानी संग्रह** :–1) संग संग आया, कोरोना का साया, 2) गैसबाला, 3) घरवाली की चाय
हिंदी उपन्यास :– 3) समूभैया, 4) मैं एक आधा अधूरा

साहित्य सन्मान - 1) डिजिटल प्रकाशन का 'साहित्यरत्न 2021' पुरस्कार से सम्मानित, 2) श्रीहिंद प्रकाशन कि ओर से आयोजित कहानी प्रतियोगिता में चुने गए पचास कहानियों में कहानी का समावेश, 3) 'बरसात कि खट्टीमीठी यादें' कहानी का 'कहानीयां' साहित्य संस्था कि ओर से पहले पाँच कहानीयों मे समावेश, 4) काव्यदीप दिवाली संस्करण 2021 'साहित्य सन्मान 2021' प्राप्त, 5) प्राची डिजिटल पब्लिकेशन द्वारा 'भारतनामा लेखक 2022' उपाधि से सम्मानित, 6) 'आजादी का अमृत महोत्सव' के अंतर्गत प्राची डिजिटल पब्लिकेशन की ओर से 'भारत @ 75' पार्ट –2 एंथोलॉजी पुस्तक में प्रकाशित रचना के हेतु OMG Book of Record 2022

मेरे पिता: मेरे आदर्श!

आज मैं मेरे पिताजी की यादें ताजा करने जा रहा हूं, जिन्हें मैं मेरा आदर्श मानता हूं। शायद पिताजी को लगेगा कि, इतनी सालों बाद मुझे उनकी याद कैसे आई? पिताजी, आपकी याद न आएं ऐसे कभी हो सकता है? प्रसंगवश यादें तो आती ही है। मै ऐसा नहीं कहुंगा कि, आपके जाने के बाद एक पल भी ऐसा नही गुज़रा जब आपकी याद न आई हो। शुरूआती कुछ महीनों, सालों में आपकी याद हमेशा आती थी। लेकिन आप तो जानते हो, घर-संसार एक ऐसा चक्रव्यूह है, जिस में फंसने के बाद कुछ बातें या यादें दिल में दबाकर रखनी पड़ती है। एक बात बताता हूं, मेरा तबादला एक गांव में हुआ था। यह बात मैंने मां को बताई तो मां बोली,

'कितनी संयोग की बात है, जिस पाठशाला पर तुम जा रहें हो, उस पाठशाला की नींव तुम्हारे पिताजी ने रखी थी। वे उस पाठशाला के पहले अध्यापक थे और आज तू वहीं पाठशाला में अध्यापक बनकर जा रहा है।'

जब मै उस पाठशाला में गया तब वह चौथी कक्षा तक की पाठशाला थी। वहां केवल एक शिक्षक थे। जब मैं पुराने अध्यापक से पदभार ले रहा था, तब पहली पंजिका मेरे सामने आई, वह थी प्रवेश निर्गम! वह बहुत ही पुरानी, लगभग पचास साल पहले की पंजिका थी। जैसे ही मैंने उसे खोला तो देखता क्या हूं, बहुत सुंदर अक्षरों में लिखा था, 'प्रवेश निर्गम रजिस्टर। प्रधानाध्यापक सूर्यकांतराव नागोराव पांडे!' यह देख मेरा दिल खुशी से उछलने लगा। मैंने बड़े आदर के साथ उस नाम पर माथा लगाया। मेरी यह कृति को आश्चर्य से देखनेवाले अध्यापक को मैंने कहा,

'यह मेरे पिताजी का हस्ताक्षर हैं। वे इस पाठशाला के पहले प्रधानाध्यापक थे।'

उसके बाद जब कभी उस पंजिका को निकालता था तो आपकी लिखावट देखकर आपकी याद आती थी और मेरा हस्ताक्षर अच्छा हो इसलिए आप जो बातें कहते थे, वह सब याद आती थी।

पिताजी, देखा जाए तो आप बहुत कम उम्र में हमें छोड़कर चले गए। उस समय मैं चौदह साल का नौवीं कक्षा का छात्र था। आपका एक सपना था कि, मैं इंजिनियर, डॉक्टर या बैंक में नौकरी करूं लेकिन आपके अन्य ख्वाहिशों की तरह यह इच्छा पूरी न हो सकी। मैंने दसवीं कक्षा के बाद डी.एड्. करने के बाद अध्यापक बनना पसंद किया। आपके जाने के बाद सभी कहते थे कि, पिताजी की जगह तुम्हें अध्यापक की नौकरी मिल सकती है। लेकिन एक बात मेरी समझ में नहीं आतीं थी कि, मैं आपकी जगह कैसे ले सकता हूं? क्योंकि आपकी जगह एक ईश्वर के समान

मेरे दिल में थी। ईश्वर की जगह कौन कैसे ले सकता है?

पिताजी, बचपन से आप मुझे बहुत प्यार करते थे और मैं भी आपको चाहता था। लेकिन एक सच बात कहूं, आपके जाने के बाद मुझे नौकरी मिलने तक कभी-कभी मुझे आपका गुस्सा भी आता था, खासकर जब घर में चुल्हा नहीं जलता था और जब कभी कोई दुकानदार उधार देने से मना करता था। उस समय ऐसा लगता था, पिताजी हमें छोड़कर क्यों चले गए। अगर पिताजी होते थे तो हमें भुखा रहने कि नौबत नहीं आती थी। उस वक्त दीदी की शादी भी करनी थी। उसे देखकर कभी मन में आता था कि, पिताजी इतने निष्ठुर कैसे हो गए? अगर पिताजी रहते थे तो अब-तक दीदी की शादी हो चुकी होती। मां बताती थी, हमारे गांव में हमारी बहुत अच्छी खेती थी। लेकिन हमारे एक रिश्तेदार ने आपसे कुछ रकम की मांग की। उतनी बड़ी रकम आपके पास नहीं थी। आप वह जमीन बेचकर उन्हें रुपए देने कि सोच रहे थे तभी मां ने कड़ा विरोध किया क्योंकि वह रिश्तेदार मां का करीबी था। उनकी चाल-चलन को मां भली-भांति जानती थी लेकिन आपने उस रिश्तेदार की बातों में आकर वह खेती बेच दी। जिसने वह खेती खरीदीं वह आपका रिश्तेदार था। उसने भी मौका ताड़कर वह खेती बहुत कम दामों में खरीदी। जिन्हें आपने रुपया दिए थे उन्होंने आपके गले में बंजर जमीन डाल दी। लेकिन इस बंजर जमीन का भी आगे चलकर फायदा हुआ क्योंकि जब दीदी की शादी तय हुई तब मैं नौकरी में नया था इसलिए मेरे पास जमा पूंजी न के बराबर थी। उस समय वह खेती बेचकर हमने दीदी की शादी कर दी। इस तरह आपने हमारी बड़ी मदद की।

वैसे आपका स्वभाव बड़ा शांत, संयमित था। आपको गुस्सा बहुत कम आता था लेकिन जब आता था तो सातवें आसमान तक पहुंच जाता था। गुस्से से आप किसी को कुछ बोलते नहीं थे लेकिन दो-दो दिन कुछ खाते नहीं थे, किसी से बात भी नहीं करते थे।आपने कभी गुस्से से मुझे मारा नहीं।आपके गुस्से के किस्से मां हंस हंस के बताती। एक बार मेरे दादाजी से आपकी कुछ कहा-सुनी हो गई। आप किसी को यहां तक कि मां को कुछ बताएं बिना घर छोड़कर गए। सभी लोग परेशान थे। एक-दो-तीन

दिन बीत रहें थे लेकिन आपका कुछ पता नहीं था। मां के ऑखोंसे निरंतर आंसू बह रहें थे। आठ दिन बात आपका खत मिला। जिसमें लिखा था,

'एक बड़े शहर में पुलिस की नौकरी लग गई है। दो महिनों बाद गांव आकर बीवी को साथ लेकर आता हूं।'

दो महिनों बाद आप घर आ तो गए लेकिन दादाजी ने आपको फ़िर से जाने नहीं दिया।

उसके बाद आपको शिक्षक की नौकरी लग गई। वहां भी आप ईमानदारी, लगन से काम करते थे। रोजाना आप दस किलोमीटर पैदल जाते थे और शाम में उतना ही अंतर पैदल चलकर आते थे।आपका दिन सुबह चार बजे शुरू होता था। इतने दूर चलने के बावजूद आप वक्त से पहले पाठशाला पहूंचते थे। हां जब जोरों कि बारिश होती थी तो आप जा नहीं सकते थे क्योंकि रास्ते में छोटी नदी होती थी जिसमें बरसात से बाढ़ आती थी। उस समय मुझे बड़ा आनंद मिलता था। एक तो बारिश में भीगना, खेलकूद होती थी और आपके साथ रहने को मिलता। साथही मां ऐसे मौके पर गर्मागर्म भजे बनाती थी। यह मुझे बहुत अच्छा लगता था।

एक दिन आपके पाठशाला में एक अफसर आएं थे। आपका सब काम बहुत अच्छा था। लेकिन एक छोटी गलती कि वजह से वह अफसर आप से गुस्सा हुए। यह बात आपको अच्छी नहीं लगी और आप भी गुस्सा होकर चाबियों का गुच्छा अफसर की ओर उछाल कर निकल पड़े। वह अफसर हमारे मोहल्ले में ही रहते थे। वे शामको हमारे घर आए। तब तक आप भी नॉर्मल हुए थे। वह अफसर को भी गलती का अहसास हुआ था। उन्होंने आप से कहा था, 'मैं आपका काम जानता हूं। अगर मेरी जगह कोई दूसरा होता था तो आपको सजा भी मिलती।' आपने भी साहबसे माफी मांगी और वह साहब चले गए।

बचपन कि कुछ यादें मुझे भी याद हैं। एक बार हम रिश्तेदार की शादी में शहर गए थे। सुबह शादी हो गयी तो हम बच्चे खेलने लगे। रिश्तेदार ने एक रिक्शा दो दिन के लिए ले रखा था। मैं उस रिक्शा में बैठा था। रिक्शावाले ने बातों बातों में मुझे बहुत कुछ पूछ लिया। तभी किसने उसे काम बताया। रिक्शावाले ने मुझे पूछा 'चलेगा क्या? अभी आते हैं।' मैं बिना सोचे-समझे, किसी को बताएं बिना उसके साथ निकल गया। दुर्भाग्यवश कुछ दूर जाते ही रिक्शा पंक्चर हो गया। इस वजह से हमें लौटने में बहुत वक्त लगा। उधर शादी के मंड़प में मुझे न देखकर मानो भूचाल आया।सब मुझे ढूंढनें लगे। मां का रो- रो कर बूरा हाल था। बड़ी देर बाद हमारा रिक्शा वहां पहूंचा। एक तो देर हुई थी और जोरों की भूख लगी थी। हम जैसे ही नजदीक पहूंचे तो मैंने देखा कि आप बड़ी अस्वस्थ होकर इधर से उधर चहलकदमी कर रहे थे। बाजू में मां खड़ी थी, रोने से उसके चेहरा कुछ अलग दिख रहा था। यह देखते हुए मैं रिक्शा रुकने से पहले ही कुदकर आपकी ओर दौड़ता हुआ आया। मुझे देख आपका चेहरा खिल उठा। आपने मुझे उठाकर गले से लगा लिया। वह पल याद आते ही आज भी आंखें नम हो जाती हैं। आपने न तो मुझे गालियां दी और न हीं मारा।

संस्कार कि बात निकलते ही मुझे एक बात याद आती हैं। आप पाठशाला से लौटने के बाद

हाथ-पांव धोकर घुमने जाते थे। मैं भी आपके साथ जाता था। उस समय हमें जो भी पहचान वाला मिलता आप उसे 'नमस्कार' कहते थे। मिलने वालों में मेरे पाठशाला के प्रधानाध्यापक और अन्य शिक्षक भी होते थे। उनसे भी नमस्कार का आदान-प्रदान होता था। कभी-कभी मैं अकेला ही शाम के समय घुमने जाता था। तब प्रधानाध्यापक और अध्यापक मिलते ही मैं उन्हें नमस्कार करता था। वे भी नमस्कार कहते थे। तब मुझे बहुत आनंद मिलता था। एक दिन की बात है, मेरे कक्षा में प्रधानाध्यापक आएं थे। उन्होंने संस्कार के बारे में कुछ बातें बताते हुए कहा,

'आपके कक्षा का नागेश जब भी बाहर मिलता है, तब वह बड़े आदर के साथ नमस्कार करता है।'

तभी सभी छात्र मेरी और देखने लगे। मैं फुला नहीं समां रहा था। शाम को मैंने यह बात आपको बताई तो आपने पीठ थपथपाते हुए शाबासकी दी।

पिताजी, आपने हमारे लिए बहुत कष्ट किए हैं। हमारी पढ़ाई अच्छी तरह हो इसलिए आपने शहर में मकान लिया और खुद दस किलोमीटर दूरी पर एक पाठशाला में पैदल आना- जाना करते थे। आपने आपके रहन-सहन, बोलचाल ने हमपर बहुत अच्छे संस्कार किए हैं। एक बात मेरे हृदय के कोने में क़ायम बस चुकी है। मेरी नौवीं कक्षा कि परीक्षाएं चल रही थी। मेरे पीछे बैठे एक छात्र ने कुछ कागज साथ में लाए थे। संयोगवश एक सवाल का जवाब उस के पास था। उसने खुद तो कॉपी कर दी और वह कागज़ मेरी ओर फेंक दिया। कॉपी नाम से ही मैं डरता था। वह कागज़ देख मेरे पसीने छूट गए। मैं आनन-फानन वह कागज़ उत्तर पुस्तिका में छिपाकर लिखने कि कोशिश कर रहा था लेकिन हाथ कांप रहे थे, गला सुख गया था। परीक्षा हॉल में परीक्षक थे, वे मेरे अध्यापक भी थे, मेरे पास आकर बोले, 'बेटा, वह कागज़ मुझे दे। यह तेरे बस कि बात नहीं है---' कहते हुए उन्होंने वह कागज़ ले लिया। लेकिन मेरी आंखें भर आई। बात यहीं खत्म नहीं होती। वह शिक्षक हमारे पड़ोसी थे। शाम के समय उन्होंने आप से वह बात बता दी। आपका रौद्र रूप मैंने पहली बार देखा क्योंकि आपने उस समय जो चांटा मारा था उसकी गुंज जब भी कॉपी कि बात चलती है तो मेरे कानों में गूंजती हैं।

जिस गांव में आपने पाठशाला का निर्माण किया था, उस पाठशाला में मुझे काम करने का सौभाग्य प्राप्त हुआ। जब मैंने चार्ज लिया तो वह पाठशाला चौथी कक्षा तक थी। आपका आशीर्वाद और गांववासियों की साथ मिलने कि वजह से मैंने वहां सातवीं तक कक्षाओं का निर्माण किया। छात्र-छात्राओं की उन्नति के लिए बहुत सारे शैक्षिक कार्यक्रमों का आयोजन किया। यह सब देखते हुए मुझे सरकार की ओर से आदर्श शिक्षक से सम्मानित किया गया। यह आपके संस्कार

और आशीर्वाद का फल था।

लेकिन पिताजी हमारे दुर्भाग्यवश आप इस दुनिया से जल्दी ही चले गए। मुझे याद है, तीन दिन के लिए घर में महालक्ष्मी का आगमन हुआ था। आप बीमार थे। महालक्ष्मी का पूजन मां कर रही थी। हम सब बैठकर देख रहे थे। तभी मां की साड़ी का पल्लू जलने लगा। आपने चिल्लाते हुए मां को बताया। मां ने आनन-फानन वह आग बुझा दी लेकिन मां को अनिष्ट संकट की आहट लगी थी। उस दिन से वह खामोश रहने लगी। सबकी नजरें बचाकर रोने लगी। कुछ दिन बाद मां की आशंका वास्तव में बदल गई। आप हमें छोड़कर एक ऐसी दुनिया में चले गए, वहां से आज तक कोई वापस नहीं आया। बाद में मां ने सब संभाल लिया। मेरी पढ़ाई पूरी हो गई। दीदी की शादी हो गई। मेरी भी शादी हुई, बच्चे हुए और अब पोते भी है लेकिन किसी कारणवश आपकी याद आते ही आंखें नम हो जाती हैं। आज जो कुछ है, वह सबकुछ आपके संस्कार कि देन है। आगे भी जो रास्ता आपने बताया था, जिस पर आपकी उंगली पकड़कर चला था, उसी रास्ते पर सफ़र करता रहूंगा। आपको शतश: नमन!

✍ नागेश सू. शेवाळकर,

व्यक्तिगत परिचय

रोहिणी शशांक मिश्रा

जन्म : स्थान कल्याण मुंबई (4 जून 1989)

शिक्षा : एम ए . बी .एड ., पी एच डी की तैयारी शुरू है

कार्यरत : एम .वी .एम . जूनियर कॉलेज ऑफ कॉमर्स अंधेरी मुंबई में हिंदी की शिक्षिका

अन्य कार्यक्षेत्र : समाज विकास सेवा संघ संस्था मुंबई की मीडिया प्रभारी और इसी के द्वारा संचालित बाबुल प्रतिष्ठान की संचालिका हूँ जिसके माध्यम से गरीबो और वृद्धो की सहायता करती की जाती है।

सम्मान : अब तक कई पुरस्कार भी प्राप्त हुए हैं, जिसमे मुख्यत : शिक्षक विकास परिषद द्वारा कलारत्न अवार्ड कोल्हापुर, शब्द प्रवाह द्वारा नया कलमकार अवार्ड उज्जैन और कई सारे राज्य एवं राष्ट्र स्तर पर पुरुस्कार प्राप्त हुए है और हाल ही में अंतरराष्ट्रीय स्तर पर रेड डायमंड अचीवर पुरस्कार भी प्राप्त किया है।

सच्चे पापा अच्छे पापा

सच्चे पापा अच्छे पापा
बच्चो के संग बच्चे पापा
सबकी पूरी हर इच्छा करते
सबसे अच्छे होते है पापा

सुख दुख में संग रहते पापा
बच्चों के लिए जीते मरते हैं
बाजार कभी जो जाते है
नए कपड़े खिलौने लाते पापा

बच्चो को बहुत पढ़ाते पापा
जीवनकाल की नैय्या को
बड़े प्यार से है चलाते पापा
खुशियों को है लुटाते पापा

सोच बहुत घबराती हु
की आज समय बदल गया
बच्चे कहा अब पापा को
मान सम्मान देते है

ईश्वर का ही रूप है पापा
जीवन सुखमय बनाता हैं
बच्चे कैसे भूल जाते हैं
अंश है वो अपने पापा का

सब कुछ पाया जिसने दिया है

सब कुछ जिसने सिखलाया है
कोटि नमन है ऐसे पापा को
हर पल साथ जो साथ निभाते है

विश्वास करो सत्य कहती हु
है तुम्हारे सच्चे ईश्वर पापा
मान करो सम्मान करो
है जीवन का सार प्यारे पापा

रोहिणी तिवारी

पापा गम दे गए

पापा अपने जाने का गम दे गये
मौसम रोने का दे गये

हर पल नजरे ढूंढती है उनको
कहीं भी नजर नहीं आते है

उनकी मधुर मुस्कान, वो तीखी आवाज याद आती है
वो मुस्कुराता चेहरा आइना बन सामने आ जाता है

सन्नाटा है अजीब सा कोई शोर गुल नहीं
अपने होने का जैसे कोई भ्रम दे गए

अब सुबह अच्छी नहीं लगती
शाम अब खुशनुमा नहीं लगती
राते बोझल लगती है
अब कोई कहानी अच्छी नहीं लगती

बदल गया है अब अंदाज जीवन का
जीने के अब मायने बदल गए

धीरे धीरे सब बदल गया है
क्योंकि अब जीवन बदल गया है

✍ रोहिणी तिवारी

ले आते खुशियाँ

अंबर ले आते खुशियों के
कुछ भी तो न कहते है
समझ जाते है सब कुछ
ये पापा है मेरे सच्चे साथी

हर मुश्किल घड़ी में
सबसे पहले याद आते है
मेरी खुशियों के लिए
कई बार वो खुद का सुख भूल जाते है

उंगली पकड़कर चलना सिखाया
सही गलत का ज्ञान दिया
क्या है सच्चा और क्या है झूठा
जिंदगी का हर सबक पापा ने सिखाया

एक साए की तरह
एक परछाई की तरह
दिन रात सुबह शाम
बस उनको था ख्याल मेरा

मम्मी डांटे तो उन्हे समझाते
मेरी भूलो पर पर्दा डालते
अभी छोटी है समझ जायेगी
यह कहकर मेरा साथ निभाते

आशीष सदैव ही उनका मैने पाया

मेरे है विश्वास को उन्होंने मजबूत बनाया
आत्मविश्वास की उड़ान भराकर
उन्होंने मेरे सपनो को पंख लगाया

आज जीवन में सफल हु
सक्षम हु आगे बढ़ी हु
सही गलत को जानती हु
अच्छा बुरा पहचानती हू
क्या कहु सब पापा की देन है
सब कुछ मिला पापा से
लेकिन वो देनेवाले पापा आज नहीं है
मेरी यादों में अब वो मेरी कविता और कहानी है

✍ रोहिणी तिवारी

प्यारे पापा

सम्मान यदि मां से होता
तो अभिमान पिता से होता है
ममता की मूरत मां में बसी
तो क्षमता की सूरत पिता में बसी
कैसे कहूं और क्या बताऊं
कोई शब्द नहीं है कहने को
जो पिता की महिमा मैं बतलाऊ

अन्नपूर्णा मां होती तो
अन्नदाता पिता होता है
सीमा में रहना मां बताती है
तो मर्यादा पिता सिखलाता है
कोई शब्द नहीं है कहने को
जो पिता की महिमा मैं बतलाऊ
छोटी छोटी चोटों पर मां याद आ जाती है तो
बड़ी मुसीबतों में केवल पिता याद वो आता है
कोई शब्द नहीं है कहने को
जो पिता की महिमा मैं बतलाऊ
मां दुखी हो सकती है
पर पिता का दुख पर कोई अधिकार नहीं
मां दर्द अपना बाट लेती है
पर पिता अपना दर्द दबा ले जाता है
कैसे कहूं कोई शब्द नहीं
जो पिता की महिमा मैं बतलाऊ

✍ रोहिणी तिवारी

मेरे पापा

मेरे पापा होते तो ऐसा होता
मेरे पापा होते तो खुशियों का डेरा होता
अपनी दिल की हर बात खुलकर कहती
अपने अधरों पर मुस्कान सजाती
अपने सपनो की दुनिया सजाती मै
अपनी गुडिया को दुल्हन बनाती
पापा के सपने सच करने लिए
पूरी दुनिया से अकेले लड़ जाती मै
मेरे पापा होते तो खुशिया होती
कुछ सुनते मेरी कुछ सुनाते अपनी
पापा होते तो दुनिया कुछ अलग सी होती
पापा होते तो एक हलचल सी होती
पापा होते तो मेरे गमो में रोते
पापा होते तो मेरी खुशियों में हसते
पापा होते तो उनके कंधे पर सर रखकर रोती
पापा होते तो उनसे लिपटकर हसती
बहते हुए अश्रु वो मेरे पोछ्ते
खिलखिलाती हसी देख वो खुश हो जाते
मेरी शादी में खुशिया जी भर के लुटाते
बिदाई के समय मुझसे वो नज़रे चुराते
फिर भी छुपकर वो सिसकिया भरते
यादो को मेरी अपने दिल में बसाते
दोनों हाथो को मेरे सर पर रखकर
जी भर के मुझे वो दुवाये देते
पापा नहीं तो कुछ भी नहीं
मेरे जीवन में जैसे उजाला नहीं

पापा होते तो डाटते फटकारते
गलती करने पर प्यार से समझाते
पापा मेरे अब एक सपना हो गए
असमानों में ग़ुम, कहीं तारा बन गए
फिर भी है यकीं वो देखते है मुझे
वही से अपना आशीर्वाद देते है मुझे
मेरे पापा अब एक कहानी बन गए
मेरी यादो में वो मेरी कविता बन गए
पापा होते तो न जाने क्या होता
पापा होते तो खुशियों का मेला होता

✍ रोहिणी तिवारी

प्यार पिता का

दिखाई नहीं देता अक्सर प्यार पिता का
भगवान जैसा ही तो होता है
सब कुछ करता है
लेकिन मौन रहता है
मन घबरा जाए तो सांत्वना जगा देता है
दिल दहल जाए तो आत्मविश्वास जगा देता है
ये पिता ही तो होता है
बच्चे अगर रो दे तो चेहरे पर
मधुर मुस्कान ले आता है
जूते खिलौने घड़ी कपड़े
सब कुछ दिलाता है
बदले में वह अपने क्रेडिट कार्ड का
बिल भरता रहता है
पिता अपने जीवन काल में
बस अपनों की भलाई करता है
लेकिन अपने लिए कहा सोचे
इतना कहा उसे समय मिलता है
एक पिता ही तो है
जो प्रेम को समझता है
उसकी छाया के नीचे
रंग-बिरंगी दुनिया होती है
दुख के काले बादल भी
कहा घेर पाते है
क्योंकि पिता इन बदलो
को स्वयं में छुपा लेता है

✍ रोहिणी तिवारी

व्यक्तिगत परिचय

सोनाली समदर्शी

माता का नाम - श्रीमती सावित्री देवी

पिता का नाम - श्री सुखदेव झा

जन्मतिथि - 7/7/1980

जन्म स्थान - मुबई

शिक्षा - डबल एम ए शिक्षाशास्त्र, बीएड विशेष शिक्षा, टीईटी, सीटीईटी, डीसीए

संप्रति /कार्य - प्रखंड साधन सेवी (समावेशी शिक्षा), प्रखंड संसाधन केन्द्र रून्नीसैदपुर, सीतामढी

प्राप्त सम्मान - निर्मल अनुपम फाउंडेशन मुजफ्फरपुर द्वारा प्रदान प्रशस्ति पत्र एवं शिल्ड

रूचियां - लिखना, गाना पेंटिंग दिव्यांगता से संबंधित कार्य

संपर्कसूत्र - shreyakrishnan256@gmail.com

पता - ग्राम+पोस्ट, मोरसंड थाना-रून्नीसैदपुर, जिला-सीतामढी पिनकोड -843328

अपने लिए प्रभा नहीं

ये सोचता हूँ कि मै पिता हूँ,
तो सीना गर्व से चौरा हो जाता है।
जरा देखूं ; पिता होने की यात्रा मै भी,
ओर आप भी चलिये साथ मेरे।
जिसके स्वपन पर वारी नींदे मैने,
वो आज ख्वाव को जीता है।
लहू बहा पसीना बनके, मैने पौधों को सींचा है,
तस्सली ओर इत्मीनान है, मुख पर, मै पिता हूँ।।

हार गया तेरी खुशियों के आगे,
जख्म मेरे सव भर जाते हैं।
जब कोमल हाथ मुझे छूते हैं,
चिल चिलाती धूप का साया भी
एहसास ना कोई दे पाता है।
देख वो संतृप्त भाव तेरे चेहरे पे,
बिना मोल हि बिक जाता हूँ ....मै।।

जिन्दगी के हवन कुंड मे, खुद को स्वाहा कर डाला,
तिल –तिल खुशियों का होम किया।
मेरी खुशी ;हंसी मे, छिपा है तेरे,
जीवन यज्ञ हुआ है सफल, ये दिख जाता है ...मै।।

अब हो चले पांव बूढ़े और झुर्रियां चेहरे पे,
अब तेरे हाथ का सहारा चाहिए इस हड्डी को।
क्यों ? तूने मुँह मोड़ लिया,
घर के दरवाजे तो बंद किया है, दिल पर भी ताले जड़ डाले।

हूँ स्तब्ध! खड़ा मै चौराहे पर, राह नहीं सूझे कोई,
कौन सी डगर चलूँ जो, घर तक पहुंचाता है .....मै।।

क्या? खता मेरी इतनी थी, की बन पिता तुझे खून से सींचा,
मेरी लाठी अब बनता तू, तो हाथ तक तुने खींचा।
जीवन निष्कर्ष निकालू क्या ;बस प्रश्न- चिह्न सा खड़ा हुआ।
घर छूटा दुनियां छूटी, आश्रय स्थल तक आ पहुँचा,
कहाँ जाऊँ, किससे पूछू कोई तो मुझे समझा जाता ....मै

अनुभूती पिता होने की, शब्दों मे व्यक्त नही हो सकता,
मेरे नि :स्वार्थ प्रेम को, तेरा ये तिरस्कार क्यों भला।।
मेरी ये वेदना को कम करे जो ऐसी कोई दवा नहीं,
हम रात्रि के हमसफ़र हुए हैं, , अपने लिए प्रभा नही अपने लिए प्रभा नहीं।।

✍ सोनाली समदर्शी

पगरी

आपकी दी हुई पगरी अब तक संभाल के रखी हूँ
उनके धागों में वशी खुशबू को,
आपकी तरह देखभाल के रखी हूँ।

जिस तरह धागों की जोड़ से पगरी बनी है
मैने भी अपनी दुनियां मे बसे रिश्तों को,
अपने स्नेह के धागों से लपेट के रखी है।

जब भी कोई गलती मै कर देती हूँ
खोलके उस पगरि को देख लेती हूँ
मानो वह मुझे रास्ता दिखलाता है
ओर आपकी तरह मुझे संभाल जाता है।

अब समझी क्यों बेटियां मुछों की शान होती है
क्योंकि वह् अपने पिता की जान होती है
शब्दों मे भावनाओं की हीरे–मोती जड़ी है
हर पिता के माथे की शान पगड़ी है।।

✍ सोनाली समदर्शी

व्यक्तिगत परिचय

दीप्ति राय दीपांजलि

माता – श्रीमती जानकी देवी

पिता – श्री गिरजा शंकर राय

शिक्षा – परास्नातक, बीएड, विशिष्ट बीटीसी, फाइन आर्ट

पद – सहायक अध्यापक, कंपोजिट विद्यालय रायगंज गोरखपुर

पहचान – शिक्षिका कलाकार एवं कवियत्री

प्रकाशित रचनाएं – अब तक 60 से 62 साहित्य शाला एवं मिशन शिक्षण संवाद में प्रकाशित हो चुकी हैं इसके अलावा समाचार पत्रों में भी कविताएं प्रकाशित होती रहती हैं।

प्रकाशित पुस्तकें – एहसास सांझा संकलन, रक्तवीर पत्रिका, सृजन पत्रिका, प्रकाशपुंज ई पत्रिका, अस्तित्व" नारी सशक्तिकरण विशेषांक में, मातृभूमि, नन्हे कदमों की उड़ान,

शौक एवं रुचियां – बच्चों के अनुरूप छोटी-छोटी कविताएं एवं लेख लिखना आज की स्थितियों पर कविताएं एवं लेख, गीत लिखना, चित्रकला, मूर्तिकला, लोककला, आधुनिक कला एवं अन्य सभी विधियों द्वारा चित्रों का निर्माण।

गतिविधियां – बच्चों को गोबर मिट्टी से मूर्ति बनाना बताना प्लास्टर ऑफ पेरिस व वेस्ट से क्राफ्ट एवं सुंदर सुंदर पॉट बनाना बताना वेस्ट मटेरियल से बच्चों के द्वारा पढ़ने हेतु टीएलएम का निर्माण करवाना, बच्चों को लोक कला, लोकनृत्य एवं लोकगीत का ज्ञान कराकर संस्कृति से जोड़ने का प्रयास एवं पढ़ाई को सरल बनाने के लिए कला की आकृतियों का प्रयोग कराना।

हे! तात

हे! तात
कुछ और दिवस
आप साथ रह लेते।
कुछ दिवस तक और हमें,
अपना अमृत स्नेह देते।
हे! तात कुछ और दिवस,
साथ तो रह लेते।
मायके का घर आँगन,
अब तो...सुना सुना लगता हैं।
हर कोने दहलीज से,
आवाज़ आपकी आती है...
तात!...आपके जाने के बाद,
सब कुछ अधूरा सा लगता है।
जो वृहद छाया आपकी,
हम सब को मिला करती थी।
कर्मठी, संस्कारी बने हम,
यह नसीहत आपकी
मिला करती थी।
टोका हमको कई बार जब,
मार्ग से हम भटकते थे।
साया बनकर आप सदा,
संग हमारे रहते थे।
वो नसीहत वो टोका जाना,
अब कहाँ हमें मिला करती है।
हे! तात.... हाँ
याद मुझे अब भी वह दिन,

जब कुछ क्षण...
पास मेरे आप बैठा करते थे।
मेरी हर कविता चित्र को,
हर बार ...
आप सराहा करते थे।
चलते-चलते सफर का ये,
मुकाम कुछ ऐसा आया।
ठहर गए अब पाँव मेरे,
साया आपका ना नजर आया।
अक्सर यह ख़्याल अब,
मेरे इस व्याकुल मन में।
हे! तात...
क्यों नहीं अब आप,
हम सबके जीवन में।
मैं विस्मृत कैसे कर सकती,
आपके हर एक समर्पण को।
जितना भी सामर्थ्य रहा,
सँवारा हमारे जीवन को।
जीवन पथ पर जो सफलताएं,
मुझको मिली आज है।
मेरा हर कतरा ताउम्र
आपका कर्जदार है।
मैं रहूं कहीं भी जहाँ में,
वहाँ आपकी कमी खलती है।
मेरी यादों के हर पल में,
आपकी हर एक यादें पलती है।
हे! तात मन ढूँढ रहा,
आपको जीवन के हर पल में

मैं कहाँ बताऊं...ढूँढ रही मैं,
गगन के आँचल में फैले
जगमग करते हर तारों में।
यादो के सुन्दर क्षण में,
बहते मंद मधुर पवन मे।
रहते हो तात हमेशा....
जाते–जाते कुछ कह लेते,
हे! तात कुछ और दिवस
साथ तो रह लेते।।

✍ दीप्ति राय दीपांजलि

खुशियों का संसार पिता

जीने का आधार पिता
खुशियों का संसार पिता।
छोटी मोटी कच्ची पक्की,
बातों का मनुहार पिता।
घर से बाहर तक की,
हर सुविधा का सूत्रधार पिता।
डाँट-शिकायत रूठना-मनाना,
हर मन का प्यार पिता।
परिवार पर समर्पित हो,
जिम्मेदारियों का नाम पिता।
घर आँगन का आस, विश्वास,
हिम्मत, उम्मीदों का एहसास पिता।
संघर्ष की आँधियों को झेलने वाला,
हौसलों की मजबूत दीवार पिता।
बचपन से अब तक मन को,
बहलाने वाला खिलौना।
अपने पेट को हमारा, बिछौना बनाने वाला पिता।
सभी के स्वप्नों को पूरा करने वाला,
माँ बच्चों की पहचान पिता।
संतान का जीवन सुखद बनाने वाला, सार्थक सारथी पिता।
शक्ति मनोबल देकर, राह सृजित करता पिता।
अनुशासन का पाठ पढ़ा कर,
अनुपम प्रेम बरसाता पिता।
पिता से मिलती अपार खुशियाँ
हाँ.... खुशियों का संसार पिता।

✍ दीप्ति राय दीपांजलि

अरदास है पिता

ईश की अर्चना, मन की सच्ची अरदास है पिता।
जीवन का मूल्य, परिभाषा
जीने का अनोखा अंदाज है पिता।
भाषा, संस्कार की प्रतिलिपि
अद्भुत ज्ञान का संसार है पिता।
राहों में शालीनता लिए
सबकी खुशियों की खातिर विनम्रता से...
बिना डिगे चलता है पिता।
संतान की ख्वाहिशों को
पूरा करने की चाह रखता है पिता।
विकल, विह्वल हो संतान को हमेशा शीर्ष पर
लाने की कोशिश करता है पिता।
निर्मल भाव सभी में भरता
सेवा सहयोग का विस्तार है पिता।
पग-पग बढ़ते जीवन पथ को
हर मोड़ पर... संभालता है पिता।
अपने कुटुंब को अपने संघर्ष जल से सींचता है पिता।
स्नेहिल संबल संतान को देता
हर दिन नव प्रेरणास्रोत बनता है पिता।
अपनी हर जिम्मेदारियों को
बखूबी निभाने की कला जानता है पिता।
रिश्तें की हर एक डोर को
एक दूसरे से बाँधे रखता है पिता।
तुलना जिसकी किसी से न होती
एक ऐसी पहचान हैं पिता।
तभी तो... मन की सच्ची अरदास है पिता।

मेरे पापा

छोटी बड़ी खुशियाँ मेरी,
सब बसती है तुममें पापा।
सारे जग में है सबसे प्यारे,
सबसे न्यारे मेरे पापा।
नहीं कभी दु:ख देते,
दु:ख के हर कोने पर...
पहले खड़े हो जाते पापा।
मम्मी मुझको डाँट लगाती,
मुझको मना दुलराते पापा।
मैं जन्मी धरा पर,
बन संतान तुम्हारी पापा।
हूँ आशा की किरणें प्यारी,
दिल का हूँ अरमान पापा।
हर पल हर पग मुझे संभाला
संघर्षों की सीढ़ी को..
हँसकर पार कराया पापा।
सीमित सुविधाओं में मुझको,
पढ़ा-लिखा योग्य बनाकर,
जीवन सुंदर बनाया पापा।
इतनी सारी खुशियाँ देकर,
छोड़ गए क्यों अकेला पापा।
बता रहे सभी यह मुझको,
बन गए तुम नभ के तारे पापा।
मुझे बता दो सपने में मेरे,
बने हो नभ में.....
कौन से तारे पापा।

मैं ढूंढूँगी साथ में सबके,
जहाँ चमक रहे हो पापा।
याद बहुत करती हूँ पापा....
हर पल जब जाती हूँ,
आपकी सुंदर यादों के पास...
भूल गए कैसे मुझको
मैं आपकी छोटी बेटी हूँ पापा।

✍ दीप्ति राय दीपांजलि

याद आते हों पापा

साँझ के धुँधलके में....
जब भी अकेली होती हूँ,
याद आते हो पापा।
अक्सर मिल जाती है...
अतीत की कुछ गुजरी यादें,
उनकी उठती चिंगारियों में
अकेले ही जलती हूँ पापा।
चारों ओर सुरम्य, दर्शनीय से नजारे....
फिर भी कही न कही,
आपको ढूँढ़ा करती हूँ पापा।
अपने बचपन के गलियारे से,
तमाम तस्वीरों को...
स्वयं के हृदय में
खींचा करती हूँ पापा।
दौलत, शोहरत, रिश्ते बरकरार है,
मेरे जीवन में....
फिर भी सच है
आपका वह हमसे,
सच्चा प्रेम, त्याग, संस्कार,
अपनापन नहीं है पापा।
सहज था तब जीवन हमारा,
जब पास आप हमारे थे
अब तो हर एक की बातों में,
जटिलताओं से बँधी रहती हूँ पापा।
अनवरत कोशिश करती हूँ,
सभी मुस्कुराए मेरे व्यक्तित्व, कर्मों से

बनावटीपन छोड़....
जो सादगी...
डाली थी आपने मुझ में,
वो बनावटीपन संग लेकर
सादगी नहीं दिखा पाती हूँ पापा।
सीमित सुविधाओं में,
सुघड़ जीवन जीना सिखाया था
आज असीमित सुख-सुविधाओं में
सुखी जीवन जी नहीं पाती हूँ पापा।
बेमोल सी हो गई है जिंदगी
अब यहाँ पर....
हर रिश्ता निभा रही हूँ...
शिद्दत से मगर....
आपकी कमी हर कही,
खलती है पापा।
यादों के सुंदर क्षणों में
बन मंद मधुर पवन
आप बहते थे पापा।
क्या कहूँ....कैसे कहूँ...
बस.......
जब जब भी तन्हा होती हूँ...
आपको याद करती हूँ पापा।

✍ दीप्ति राय दीपांजलि

व्यक्तिगत परिचय

साधना सेठी

जन्म तिथि : 31 जनवरी

जन्म स्थान : जयपुर

पति : श्री भारत सेठी

माता : श्रीमती शीला अरोरा

शिक्षा : बीकॉम एमएससी एमसीए

प्रकाशित कृतियाँ : बहुत सारे संपादकीय लेख जिस में सकारात्मक जीवन के टिप्स

लेखन विधा : हिंदी

उपलब्धियाँ : एफएम द्वारा समानित, नाबार्ड द्वारा महिला दिवस पे शक्त महिला पुरुस्कार, फाउंडेशन द्वारा राजस्थान महिला गौरव और भी बहुत सारे

संपर्क : 9358726331

पिता दिवस

कभी डर लगता था आपकी डाँट से,
आज आपकी ख़ामोशी बहुत सताती है
पापा आपकी बहुत याद आती है.. !!!
आप कहते थे ना "अरे कब बड़ी होगी तू".?

एक बार तो आकर देखो कितनी बड़ी हो गई हूँ मै,
अब छोटी नही खूब बड़ी और मोटी हो गई हूँ मै..!!!

वो मेरा पीहर आपका दुलार सब याद आता है पापा,
कुछ भी भूली नही हूँ,
हर लम्हा जैसे आखों के सामने नज़र आता है।

किसी से कुछ कह नहीं पाते
अपने मन की बात
हर शब्द जुबान पे आके बस ठहर जाता है

दिल कहता है आप वापिस एक बार आ जाओ
लेकिन यही बस आदमी बेबस हो जाता है।

काश जीते जी समझ पाते आप की बाते
लेकिन वक्त गुजर कर ही सब सिखा जाता है।

✍ साधना सेठी

पिता दिवस पर विशेष

एक स्त्री के जिंदगी का एक कठोर मुलायम कंधा होता है, उनके पिता का। जहां वो खिल सकती, सँवर सकती, सपने देख सकती है। जिंदगी के कुछ सफ़र बाद एक पिता के सटीकता से काँधे लगकर मुहब्बत का हिसाब चंद लम्हों के दरम्यान कर स्त्रीमन विदा होती। मगर इन लम्हों में ये दो मन कर लेते हैं वादे एक दूसरे से की रहना तुम हमेशा।

मेरे साथ मैं जब तक हूँ, तब तक और मेरे नहीं होने के बाद भी याद रखना, क्योंकि हर स्पर्श का रिश्ता किसी एक के ना होने से ख़त्म हो जाता है। मगर ये भावनात्मक रिश्ता हमेशा बरकरार रहता है एक बेटी के दिल में पिता और पिता के दिल में बेटी!!!

पंक्तियां

बेटी चाहे कैसी भी हो
वो पापा की राजकुमारी होती है
रानी बनना चाहे उसके नसीब में ना हो
लेकिन पापा की राजदुलारी होती है
पिता ही होते है अपनी बेटी के रोल मॉडल
उसकी दुनिया अलग से न्यारी होती है
पापा के साथ ही होती है हर ख्वाहिश पूरी
बाद में केवल एक जिंदा निशानी होती है
लोग कहते है बेटी माँ का साया होती है,
पर जरुरी तो नहीं, वो हमेशा माँ जैसे ही होती है
बेटी होती है पिता की शान सम्मान जान स्वाभिमान
होती वो पिता की परछाई ही है
सांसे तो चलती है पिता के जाने के बाद
लेकिन इस में जिंदगी निकल जाती है।
घर परिवार जिमेदारिया रिश्ते नाते
सभी तो वही रहते है बस आप के बिना जिंदगी थम सी जाती है

✍ साधना सेठी

पापा तुम बहुत याद आते हो

टीना टीना हर समय आवाज लगाते हो
पूरे घर में कही घूम ले
लेकिन हर कही से
आवाज तुम लगाते हो।
पापा तुम याद बहुत आते हो
लाए है जन्मदिन पर केक तुम्हारे लिए
टीना जल्दी कटवा दे
कहते नजर आते हो
पापा तुम याद बहुत आते हो
जब अपने घर पड़े
अनेकों पुरस्कार को देखते है
आशीर्वाद देते नजर आते हो
पापा तुम याद बहुत आते हो
आँखें हैं खोज रहीं तुमको हर जगह पर
आते नहीं कभी अब तुम,
छायी रहती है खामोशी सी
तुम भी न मुझे बुलाते हो
पापा तुम याद बहुत आते हो
है पूरा कमरा खाली पड़ा हुआ
चीजें लगती सारी मरी हुई सी हैं
छिप गयी हैं मेरी खुशियां सारी
लगता है डरी हुयी सी हैं,
अब तो मुझको तुम भी कभी
डांट के नहीं डराते हो
पापा तुम याद बहुत आते हो
सैलाब सा चलता रहता है।

मन में आपकी हिदायतों का
कमी का यूँ अहसास दिला कर
क्यों हर पल हमें सताते हो
पापा तुम याद बहुत आते हो
यूँ लगता है बैठ वहीं तुम
टीना-टीना आवाज लगाते हो
खाली कुर्सी खाली चप्पल देख के
पापा तुम याद बहुत ही आते हो।
एक बार तो आवाज दो मुझको
क्यों इस खामोशी से
मुझे डराते हो
पापा तुम याद बहुत आते हो

✍ साधना सेठी

पिता और त्योहार का बिगुल

कहते है की हर बेटी के रोल मॉडल उस के पिता होते है। त्योहार के आने से पहले जो बिगुल बजाया जाता था वो केवल पिता के द्वारा ही बजाया जाता था। त्योहार के आने से पहले की आहट एक पिता के द्वारा ही बेटी को महसूस कराई जाती है। बेटी हो गया दिवाली का काम, कितना हो गया, अब दिवाली के बाद कब आयेगी। और क्या क्या मिठाई बना रही हैं। दिवाली खत्म होते ही जरूर आ जाना। कपड़े ले लिए क्या, बच्चो को दिलाये क्या। ऐसे बहुत सारे प्रश्न होते थे जिन में पिता त्योहार का बिगुल बजा देते थे। लगता था कोई त्योहार आ रहा है द्य ऐसा नही है की उनके जाने के बाद भाई स्नेह नही रखते लेकिन फिर भी वो बात नहीं आ पाती जो पिता के साथ होती थी। पापा के द्वारा त्योहार आने के पहले ही उसका शोर मचा दिया जाता है | अपने पिता को खोना एक अवर्णनीय दु ःख होता है . कहने को सिर्फ एक पिता होते है मगर जीवन में उनका मल्टी रोल होता है जो कभी रक्षक, मार्गदर्शक, मित्र और नायक के रूप में हमारी आँख खुलने से हमारे सामने होते हैं . जीवन भर की उनकी यादे और पल सदैव हमारे जेहन में कैद हो जाते है . उन यादो को ताउम्र भुलाया नहीं जा सकता हैं . अब त्योहार तो आते है लेकिन बिगुल उनके द्वारा बजाया जाता था उसकी कमी रहती है। अगर हम अपने पिता को सच्ची श्रद्धांजलि देना चाहते है तो उनके अधूरे कामों को पूरा करें और उनके नाम को आगे बढ़ाएं।

सोचा न था ये साल बिता
आपकी परछाई के बिना एक पल भी
बिता पाएगे आपकी दी हुई हिम्मत ही है
जो जिंदगी से लड़ने का जज्बा दिला रही है
वरना कब के टूट चुके होते
खड़े है डटकर फिर भी पापा गर्व तुम्हे कराएगें
दी हुई नसीहतों को अपना गुरु बनाएगे
जिस मुकाम पर चाहते थे देखना हमको
उस मंजिल तक भी हम पहुंचकर दिखाएगें

✍ साधना सेठी

व्यक्तिगत परिचय

राघवेन्द्र सिंह ठाकुर 'पागल'

जन्म तिथि	:	05/01/1973
जन्म स्थान	:	शाहगढ़
पिता	:	ब्रह्मलीन श्री बलवंत सिंह ठाकुर
माता	:	श्रीमती शीला
पत्नी	:	श्रीमती कल्पना
शिक्षा	:	एम.बी.ए., एम.ए. (हिन्दी साहित्य, अंग्रेजी साहित्य)
सम्प्रति / कार्य	:	शिक्षक
लेखन विधाएँ	:	कविता, कहानी,
प्राप्त सम्मान	:	राष्ट्रपति पुरस्कार प्राप्त।
पता	:	133, मुहली, पोस्ट– बामोरा, तहसील व जिला – सागर (म.प्र.)
दूरभाष	:	9425691690
ई–मेल	:	raghavraj1973@gmail.com

बाबूजी

महल बनाया था जो तुमने कमरा कमरा बिखर गया।
भंडारे की परंपरा थी, कन्या पूजन रह गया।।

गर साधन सीमित थे पर सबको अपनाने का शौक रहा,
अपने क्या, गैरों को घर में निजपन देना खूब रहा,
टूट गई भावों की माला, हाथ में धागा रह गया, भंडारे की परंपरा............

मित्र बनाए रखा सुतों को पर मर्यादा बनी रही,
कुल की शान पर अगर आंच हो ऐसी बात न कभी सही,
दो अक्षर पढ़ कहें लाड़ले, पिता गधा ही रह गया......भंडारे की परंपरा.......

अपनी दुनिया अपने सपने, सगे हो गए बेगाने,
रामायण पढ़ने वाले भी राम प्रभा न पहचाने,
पिता को सुत दुनिया सिखलाते, पिता सीखता रह गया......भंडारे की परंपरा........

तुमने तो साधे सब रिश्ते, मधुपान के मदवारे,
अब पितृव्य भी हुए पराये, मात पिता हुए बेचारे,
तर्पण श्राद्ध दकियानूसी कह, पत्नी रिश्ता नया नया.....भंडारे की परंपरा.....

निज इच्छा तन त्यागा तुमने, किंतु यह पीड़ा मन में,
शीला को क्यों छोड़ा तुमने, बियाबान उजड़े वन में,
अपना अपना उल्लू सीधा, भाव प्रदर्शन झूठ जया.....भंडारे की परंपरा.....

यह मधुवन निज स्वेद से सींचा, ज्ञान के मद में उजड़ गया,
ममता सिर बाबुल का आंचल, समय भाग वश बिछड़ गया,
सबके अपने कक्ष मनोहर, दो बच्चों का सिमट गया....भंडारे की परंपरा....

तिनका तिनका जोड़ा तुमने, नयी उमर सब ले डूबी,
आदर्शों की यशोधरा थी, स्वार्थ भंवर में जा डूबी,
पागल मन की पीड़ा गहरी, शब्दों में ही करूं बयां.....भंडारे की परंपरा....

महल बनाया था जो तुमने कमरा कमरा बिखर गया।
भंडारे की परंपरा थी, कन्या पूजन रह गया।।

✍ राघवेन्द्र सिंह ठाकुर 'पागल'

मेरी जमीन

जिस रज से मैं आया जग में, उस रज के कण कण का वंदन।
जिस धरती पर पग पग डोला, उस पग पग धरती का वंदन।।

निज काया माया बिसराकर, नव तन का विस्तार दिया है।
बोल न जाना तोल न जाना, तब निज कुल का प्यार दिया है।
ऐसे कुल के बलवंत चरण रज, मेरी हर सांसो का चंदन।।।

उंगली गह दौड़ा बिन डर के, डगर डगर हर साथ दिया है।
जीवन के अनजाने पथ पर, निज अनुभव विस्तार दिया है।।
ऐसे प्राण प्रतिष्ठित नभ के, हर गौरव का वंदन वंदन।।।

ज्ञान की गंगा में नहलाकर, गहन तिमिर का नाश किया है।
किस धारा में कैसे चलना, मंजिल पथ आसान किया है।।
ऐसे ज्ञान पुरुष चरणों का , किस विधि करूं सफल अभिनंदन।।।

✍ राघवेन्द्र सिंह ठाकुर 'पागल'

मेरा आसमान

दुस्तर दुर्ग उत्तुंग शिखर का, क्या वैभव क्या नभ से तुलना,
मेरा पिता आसमां का भी गहना।

अविरल नेह पताका नभचर, धीर गंभीर समीर यश गाथा।
दुर्ग बने पत्थर गारे से, मेरा पिता अमिय रस झरना।

गह्वर चारों ओर से घेरे, ऐसा क्या दुर्ग में अंदर।
पिता के भीतर की गहराई, जग पीता जीवन भर रसना।।

दुर्ग भेद शत्रु सुख हरता, मान गिरा धूसर कर देता।
मेरा आसमान मेरा पिता है, जिसके आगे काल का वश ना।।

ओ नश्वर से दुर्ग क्या जानो, जीवन रस का क्या आशय है।
"पागल" मन इस रस को पीकर, नाचत पग पर कभी न थकना।।

✍ राघवेन्द्र सिंह ठाकुर 'पागल'

ओ बादल

ओ बादल तू धड़ धड़ बाजे चमक गरज तू क्या दिखलाता।
जा जा जा तू यहाँ न चलना तेरे रौब का मुझे न नाता।।

तू नहीं जाने शील धरा पर, जब बलवंत का पौरुष जागत।
तब तब ऐसी पुण्य धरा पर, बड़े बड़े भी पानी मांगत।

घुमड़ घुमड़ क्या इठलाता है, तेरी बस इतनी ही माया।
बरस बरस रीता चल देता, फिर किसने तेरा जस गाया।।

समय समय तेरा मद माने, गैर समय दुत्कारा जाता।
अपने स्वारथ से सब पूजत, स्वारथ का बस तुझसे नाता।।

सुनो बेसुरे "पागल" पंछी, जिस घर में हो पिता की छाया।
तेरे जैसे कई गरजकर निकल गये पर मान न पाया।।

ओ अपने मद के भंवर में, घूम घूम तूने क्या पाया।
पिता चरण रज की फड़कन में, सृजन हुए नव जीवन छाया।।

✍ राघवेन्द्र सिंह ठाकुर 'पागल'

जहाँ का सबसे सुंदर नाम

पिता के मुख से जब जब निकले अपने सुत का नाम।
जहां का सबसे सुंदर नाम. .....

पिता हृदय नवनीत सा कोमल जीवन की हर तपिश मिटाता।
अनजाने जीवन के पथ पर उंगली गह राह दिखलाता।।
करता है वह ऐसा काम. .....

जब सुत पर संकट के बादल घिर घिर कर देते अंधियारा।
तब तब पिता छत्र बन जाता सुत आंगन का बन रखवारा।।
करे संकट का काम तमाम. ......

पिता बिना जीवन का झरना रेत धूरि सा बिन रस होता।
जिनके संग हो पिता की छाया उनका जीवन सफल ही होता।।
"पागल" हैं जिनको न ज्ञान. .....

✍ राघवेन्द्र सिंह ठाकुर 'पागल'

बाबूजी तुम याद आते हो

जब बैठा रहता हूं अकेला तब तुमसे बतियाने लगता।
जीवन की बेमतलब बातें तुमसे कह मुसकाने लगता।

तुम होते तो मेरे नभ में कितने चांद सितारे होते।
तुम हँसते तो दामन में हीरे मोती सारे होते।।

कबसे तुमने डांटा न मुझको, कबसे न पुचकारा मुझको।
सारे जग की दौलत जैसा गले नहीं चिपकाया मुझको।।

बाबूजी अब रोता रहता हूं पर न कोई पास में आता।
गोद में रखकर मेरा सिर थपकी देकर नहीं सुलाता।।

फूल नहीं मुसकाते वैसे जैसे पहले मुस्काते थे।
पंछी न कलरव करते अब जैसे तुमसे बतियाते थे।।

माँ की चेहरे की वो रौनक कैसे मैं लौटा दूं बाबुल।
आंगन में चंगा अट्ठा का कैसे खेल खिला दूं बाबुल।।

गुड्डो को सतुआ की महकन अब कैसे लौटा सकता हूँ।
भैया के भी सिर से ऊपर कैसे छत्र सजा सकता हूँ।।

"पागल" कहते हैं सब मुझको पर सबको कैसे समझाऊं।
बिना पिता के इस जीवन में कैसे मैं खुद को बहलाऊं

✍ राघवेन्द्र सिंह ठाकुर 'पागल'

गहराईयां

पलकों की नमी, सावन की कमी, फिर तरल हुई तनहाई है।
बीते हुए लम्हों की वो कसक, सिमटी सी हुई शरमाई है।

था राजकुमारों सा जीवन, जब पिता हमारे राजा थे।
खुशियों से भरा था राजमहल जर्रे जर्रे गुल ताजा थे।
अब गुल तो है गुलशन भी है पर महक कहाँ अब आई है. ....

जिस ओर निगाहों ने चाहा उस ओर बिखेरे हीरे नग।
जब जीवन का विस्तार किया जब चाहा तो रोके थे पग।।
अब ढूंढ रहीं हैं ठौर सही पर मिल जाती रुसवाई है......

ओ प्यारे बाबुल लौट के आ तेरे बिन महलों में है क्या?
तेरे बिन दौलत वैभव क्या, तेरे बिन यह जीवन भी क्या?
"पागल" बहना अब खोज करे , पर दुख की ही सच्चाई है. ......

✍ राघवेन्द्र सिंह ठाकुर 'पागल'

मेरे बाबूजी

प्यारे से,
कोमल हृदय वाले,
न्यारे से,
सबको सदय वाले,
बाबूजी मेरे।

हरदम दुलारा,
सीने से लगाते थे,
सबको संवारा,
जीवन बनाते थे,
बाबूजी मेरे।

मेरे पिता जैसा,
जग में न कोई है,
ऐसा सितारा सा,
नभ में न कोई है,
बाबूजी मेरे।।
कैसे भुलाऊं मैं,
जीवन का दाता जो,
कैसे बुलाऊं मैं,
जाकर न आता जो,
बाबूजी मेरे।

✍ राघवेन्द्र सिंह ठाकुर 'पागल'

व्यक्तिगत परिचय

ललन कुमार चौधरी

सम्प्रति - समीक्षक, पटकथा लेखक, कवि, कथाकार उपन्यासकार और एक सफल अनुवादक

जन्मस्थान - कुरसंडी, जिला -मधेपुरा

शिक्षा - एम ए हिन्दी साहित्य, अंग्रेजी अनुवाद

रचनाएं प्रकाशित - 1. आज चाँद आया है मेरे आंगन में (गजल संग्रह)

2. माँ की गोद में सागर की लहरें (काव्य संग्रह)

3. चट्टानों से फिसलती जिन्दगी (कहानी संग्रह)

4. गांव से बाहर (नाटक)

5. बादलों के संग गाती हवा (गीति काव्य)

6. सुनयना (उपन्यास शीघ्र प्रकाश्य)

7. विभिन्न पत्र पत्रिकाओं में दर्जनों कविताएं, कहानियाँ प्रकाशित

8. करीब 100से अधिक लेखकों की रचनाओं पर समीक्षा प्रकाशित

9. बी बी सी हिन्दी सेवा द्वारा शमशेर स्मृति पर युवा कवियों में कविता चयनित बर्ष 1993

पिता की आंखें

पिता की आंखों में
उस दिन गजब चमक थी
जब पिता दिदीया के लिये
वर का चयन कर
घर लौटे!
माँ
पिता को आते देख ही
समझ गई थी
कि खिलो का ब्याह तय हो गया!
पिता मुख्य सड़क से गांव की ओर
आती कच्ची सड़क पर
उस तपती जेठ की दोपहरी में
ऐसे चल रहे थे
जैसे कोई तेज धावक चल रहा हो,
उनके कन्धे पर लटके हुए झोले भी
उनकी चिंता मुक्त चाल और गति में
एक अलग गति से साथदे रहा था।
कहीं बाहर से आते थके हारे
पिता को माँ छत पर से देख लेती
राजदूत बस के रुकने और खुलने के
बीच का होर्न से माँ छत पर आ जाती।
पिता अपने कन्धे पर खादी के
वो झोले लिये
उस झोले में दाहिना हाथ डाले
अपनी एक चाल में निश्चिंत भाव से
चलते आ रहे होते!

दरवाजे के समीप आते ही चेहरे का रंग बदलने लगता
दरवाजे की सीढ़ी पर पांव रखते ही
माँ झोला अपने हाथ में थाम लेती
और पिता उस चौकी पर
अपने तौलिये से पसीना पोछते हुए
बैठ जाते।
हाथ में पंखा लिये माँ झेलती
और पिता को पूछती
कि क्या कोई ठौर ठिकाना मिला?
पिता मुस्कुराते और आंखों में
खुशी के आंसू लिये बोल पड़ते
कि बेटी कब बाप के घर रहती!
उसे तो एक न एक दिन जाना ही पड़ता दूसरों के घर को!
पिता बोलते हुए
अपने वाक्य को पूरा करते
सशरीर एक अलग कम्पन और भावना में कांप उठते!
पिता की आंखों से गिरते आंसू
पूर्वजों के बनाये उस बंगले के
कोने कोने को नम कर देते
पिता तब कहीं और होते!
गिरते आंसू पिता की लाल आंखों से
मानो अपने पूर्वजों के पांव धो रहे हो!
ये गिरते झरते आंसू पिता के नहीं थे
जो आज पुरखों के बनाये दरवाजे पर गिर रहे थे।
ये वो बरसों से सिंचित वे आंसू थे
जिसे पिता की माँ ने अपने प्यार व दुलार से
पिता के हृदयकोष को भरा था।
ये वो आंसू थे जिसे माँ ने

पिता को अपनी कोमल भावना से
रोज की तरह उनके दिल दिमाग में
बूँद बूँद से भरी थी
पिता के थके पांवों को दबाती
दिदीया की कोमक हथैलियों
के स्पर्श सुख का भाव भी
कहीं न कहीं पिता को राहत देती।
पुरखों के थके कदमों के न जाने
कितने पद चिह्न उस जगहपर
अब भी धूल की परतों में
लिपटे पड़े हैं!
पिता की आंखों में
अपने हर पिता की तस्वीर
और उस तस्वीर में उनके मन की
वह आवाज अब भी सुनाई देती
जो पिता रोज सुनते और भाव विह्वल हो जाते!

✍ ललन कुमार चौधरी

पिता

एक ख्यातिप्राप्त पिता
तुलो महतो के
पुत्र बनकर पैदा हुए थे!
उन्होंने अपने बड़े पोते का नाम
सच्चिदानंद रखा,
जब भी कोई इसे अधकचरे
उच्चारण दोष से बोलता
तो पिता उसे कहीं से नहीं स्वीकारते!
पिता अपने पुरखों के हर पिता की कहानी
कहकर एक मिसाल कायम करते!
देश की आजादी और गांधी जी की कहानी
भी कम बड़ी नहीं थी
उनके जेहन में।
पिता
माँ के जेवर को
देश की आजादी में लड़ रहे
बलिदानी वीरों के परिवार के
भरण पोषण के लिये
दान किये!
पिता
भागवत ठाकुर
और मौजी यादव जैसे स्वतंत्रता
सेनानी का बड़ा कद्र करते!
पिता मरते समय भी
हर चुनाव में आने वाले नेताओं
से इन दोनों की प्रतिमा लगाने की बात करते!

पिता को बड़ा अरमान था कि
ऐसा हो जाता तो गांव को
एक अलग सम्मान मिलता!
पिता शोती, घुर न, लैल्हो, चौधरी आदी
काम करने वाले परिवार को अपना समझते
उनके घर जाकर उनका हाल चाल लेते।
उनके पोते- पोती की शादी में
परिवार के सदस्य की तरह दिखते!
पिता गांव के हर गरीब गुरबे का
हाल चाल लेते
घर जकर उनका दाना पानी भी देखते
बन्द चूल्हों को जलाने की
भरपूर व्यस्था करते !
पिता अपने मवेशी से हो रहे
अधिक दूध को मित्रों के घर
भिजवाते!
पिता गांव के पिता ज्यादा था
कहीं मुझसे और अपने परिवार से।
पिता हर के पिता थे।
बाढ़ और सुखा ड़ में पिता
अपने ठेक में रखे अनाज का बांट देते!
पिता की एक ही इच्छा थी कि
मरने के बाद गांव के हर सडको की
धूल से उसे नहला दिया जाय!
पिता मरने के बाद भी
उन सडको पर कभी कभी
दिन में चलते दिखते हैं!!
जब कोई भी पिता को

अपनी बातचीत में याद करते
कि आत्मा वहाँ तत्क्षण आ जाती!
पिता सबके पिता
बने रहे,
सबके पिता बने रहे!
अपने परिवार से ज्यादा
अपने पूरे गांव के!!

✍ ललन कुमार चौधरी

पिता

पिता
के मजबूत कंधों से
न जाने कितने बच्चे
सीढियों की तरह
आसानी से
चढ़े औ र उतरे!

पिता
पिता की लम्बी सांसे
औ र गहरी नीन्द
में न जाने कितनी पीढियों
की थकान भरी थी!
'औ र कितने स्वप्न थे
जो अभी तक
हर रोज स्वप्न बन
आते हैं आधी रात को
कि मुनिया अब बड़ी हो रही है!

पिता
हमारे जरूरतों के
भरोसेमंद इन्सान हैं
जब जितना चाहो
मिल जाएगा
लेकिन पिता के
अरमान कब पूरे होंगे!

पिता

पिता एक आवाज है
मेहनत की
भरोसे की
विश्वास की
घर के द्वार पाल की
पिता
कभी नहीं मरते
वो हमेशा जिन्दा रहते हैं
अपने सपनों के भीतर!

✍ ललन कुमार चौधरी

व्यक्तिगत परिचय

सत्यभान सिंह भदौरिया (सत्य)

जन्म – 01/01/1971

स्थान – सुल्तान सिंह का पुरा जिला भिंड (म0प्र0)

पिता – मुकट सिंह भदौरिया

माता – शकुन्तला देवी

शिक्षा – M.Sc. (भौतिकी) M. Fil L.L.B.

संप्रति – उच्च माध्यमिक शिक्षक, प्रभारी A D P C

लेखन विधा – कविता लेखन

सम्मान – नवाचारी एवं राजकीय पुरस्कार से सम्मानित

प्रकाशित कृतियाँ – दो टूक जिंदगी, काव्य शतक, मेरी जमीं मेरा आसमां 'मेरे पिता' (साझा विविधा संकलन)

ईमेल – satyabhansingh1971@gmail.com

मोबाइल – 9009774640

पिता पर दोहे

पिता बिन जन्म न होत है, पिता बिन दिशा अजान।
पिता बिन मान न सधे, पिता बिन बढे न शान।
पिता मन में बैठेत सदा, पिता है भ्रम का काल।
पिता अवगुण को मेटता, मिटे सभी भ्रम जाल।
पिता, पुत्र का मान है, जो सब का सुख देव।
पिता बिना ना उभरे, पुत्र का मान सदैव।

सत्यभान सिंह भदौरिया "सत्य"

पिता

पिता जीवन है, बल है, शक्ति है,
पिता सृष्टि में निर्माण की अभिव्यक्ति है।
पिता में ही आस्था, पिता में ही विश्वास है।
पिता में ही शक्ति, पिता में ही संसार है।
पिता कभी अभिमान तो कभी स्वाभिमान है।
ऐसा कभी धरती तो कभी आसमान है।
पिता संघर्ष की आंधियों में हौसले की दीवार है।
परेशानियों से लड़ने की दो धारी तलवार है।
बचपन में खुश करने वाला खिलौना है,
नींद लगे पेट पर सुलाने वाला बिछौना है।
पिता जो बाहर से दिखते सख्त हैं।
बच्चों की आंखों में नरमी का तख्त है।
पिता दीपक है, बाती है, जमीर है, जागीर है,
पर ईश्वर का ही एक रूप पिता का शरीर है।

✍ सत्यभान सिंह भदौरिया *सत्य*

पिता बिन

जिन बिन टूटे सपने अपने,
जिन बिन सूनी राहे हैं।
जिन बिन रीता- रीता सा मन,
जिन बिन आधे सपने हैं।
जिन बिन रातें काली सारी,
जिन बिन चहूं अंधियारा है।
जिन बिन दिन की तपती धूपे,
जिन बिन दिल बेचारा है,
जिनसे आधी रातें, आधी बातें,
आधे सब अफ़साने हैं।
पिता अगर है दुनिया में तो,
संसार के सारे सपने अपने है।

सत्यभान सिंह भदौरिया *सत्य*

व्यक्तिगत परिचय

रेखा अमित चौधरी (प्रेरणा)

जन्म - 21/03/1990

स्थान - ग्राम अतरसूमा जिला- भिंड (म0प्र0)

पिता - स्व0श्री विमल किशोर शर्मा (कृषक)

माता - श्रीमती ओमबती शर्मा (गृहणी)

शिक्षा - M. Sc. (math) B. Ed.

संप्रति - माध्यमिक शिक्षक (गणित) शा0उ0मा0विद्यालय पीपरी जिला- भिंड (म0प्र0)

लेखन विधा - प्रेरक कविताएँ, डायरी, गद्य लेखन इत्यादि

प्रकाशित कृतियाँ - मेरी जमीं, मेरा आसमां 'मेरे पिता'(साझा विविधा संकलन)

सम्मान - विद्यार्थी जीवन में दिल्ली में मेधावी छात्रा, भाषण, विज्ञान मेला में सम्मानित

ईमेल - piprirekha2016@gmail.com

मोबाइल - 7389819798

पापा की परी

बाबुल के आँगन से उड़कर,
मैं इधर चली, या उधर चली।
तितली बनकर मैं तो उड़ चली।।
आँखों में ख्वाब हजार लिये,
हृदय में प्रेम के तार लिये।
रंगीन सुनहरे कल के लिये,
इक सपने का संसार लिये।।
तितली बनकर मैं तो उड़ चली।
बाबा की अनकही सी बातें,
जीवन की नई नई सौगातें।
बचपन का प्रेम अगाध लिये,
मैं मन में स्वाभिमान लिये।।
तितली बनकर मैं तो उड़ चली।
जीवन की नई अँगड़ाई में,
कुछ बिखरे पन्ने साथ लिये।
नए आँगन की खुशबू लेने,
बाबा की साँसे साथ लिये।।
मैं इधर चली, या उधर चली,
तितली बनकर मैं तो उड़ चली।।

✍ रेखा अमित चौधरी (प्रेरणा)

फौजी पिता

मैंने पूछा जब पापा से, तुम घर वापस कब आओगे।
अपने कन्धों पर बैठाकर, क्या मुझकों जहाँ दिखाओगे।।
तो पापा ने हँसकर के कहा, तुम क्यों इतना शर्माते हो।
मैं हूँ फौजी इस देश का, मेरे कर्मो पे क्यूँ ना इतराते हो।।
मैं आऊँगा इक रोज़ जरूर, ये आस का दीप जलाना तुम।
यदि किसी कारण ना आ पाऊँ, फिर सबको यूँ समझाना तुम।।
मेरे पापा ने अपने देश, रक्षा पर जीवन वार दिया।
मरकर भी जग में अमर रहे, उन्होंने देश को जो प्यार दिया।।
हँसते रहना तुम सदा यूँ ही, जीवन संघर्षो की माला है।
जो छल प्रपंच करता जग में, बस उसका ही मुँह काला हैं।।
कल समाचार में खबर पढ़ी, पापा ने गोली खाई है।
मातृभूमि की रक्षा के हित, जान की बाजी लगाई हैं।।

✍ रेखा अमित चौधरी (प्रेरणा)

पिता को आभार

पाया जो मैंने ये संसार, ये शायद ऐसा ना होता।
गर पापा आप नहीं होते, तो जाने ये कैसा होता।।
ना ही ऊधम की रोक टोक, ना पढ़ने की चिंता होती।
ना चॉकलेट दिलवाता कोई, ना मिलती प्यारी सी गोदी।।
किससे कहते कंधे पर बैठाकर, सैर कराओ हमको तुम।
चाट आइस्क्रीम झूला तोता, सबकुछ हमको दिलवाओ तुम।।
जीवन नीरस सा हो जाता, ना ज्ञान के मोती लुटाता कोई।
कटु सत्य से बच जाते हम, अहंकार से ना बचाता कोई।।
हम धन्य हुए जो आपको हमने, अपने जीवन में पाया हैं।
निश्चिंत हुए ईश्वर तुमसे, तुमने पापा को मेरे लिए बनाया हैं।।
इंसानों की पहचान कहीं, सच्ची निष्ठा से होती हैं।
जाना है हमने आपसे ही, गहरे सागर में मोती हैं।।

रेखा अमित चौधरी (प्रेरणा)

पुत्र का निवेदन

पापा तुम कुछ दिन और ना जाते,
इस दंभ द्वेष की दुनिया में, मुझको कुछ दिन सिखा जाते।
पापा तुम कुछ दिन और ना जाते।।
लक्ष्यों को दृढ़ बनाने का, जीवन में विजयरथ पाने का।
उम्मीद का दीप जलाने का, संकल्प इस मन में जगा जाते।।
पापा तुम कुछ दिन और ना जाते।
अन्याय कभी ना सहना तुम, जो हो सत्य वो कहना तुम।
सरिता से निर्मल बहना तुम, ऐसी शुभ सीख सिखा जाते।।
पापा तुम कुछ दिन और ना जाते।
बढ़ते जाना कर्तव्य पथ पर, सूरज सा उजियारा तू कर।
रुकना मत तूफां से डरकर, ऐसी इक चाह जगा जाते।।
पापा तुम कुछ दिन और ना जाते।
देश हित में गरल रस पीने की, उज्जवल जीवन को जीने की।
पतझड़ में भी मुस्कानें की, गर अभिलाषा को जगा जाते।।
पापा तुम कुछ दिन और ना जाते।
पापा तुम कुछ दिन और ना जाते।।

✍ रेखा अमित चौधरी (प्रेरणा)

मेरे पिता

ईश्वर की कलाकृति का, सबसे सरल गर नाता हैं।
तो मन की गहराइयों से बस, नाम पिता का आता है।।
जीवन सरिता के निर्झर से, वे बहते है हम सब में ही।
है पिता दर्प अभिमान मेरा, सच्चाई अच्छाई मेरी।।
दृढ़ संकल्प और सरल हृदय, ये ही उनकी पहचान है।
मैं हूँ उनकी नन्ही परी, बसती मुझमें उनकी जान है।।
मेरे जीवन को गति देने की, उनके शब्दों में हैं झंकार।
मेरा प्रेम पहचान वही, वे ही मेरा सारा संसार।।

✍ रेखा अमित चौधरी (प्रेरणा)

पिता की सीख

बढ़े चलो बढ़े चलो,
तुम सदा बढ़े चलो।
सागर सा प्रेम अथाह लिए,
पर्वत से ऊँचे विचार लिए।
उड़ना है तो नभ से ऊँचे,
दुख दरिया से आँखे मीचे।।
बढ़े चलो बढ़े चलो।
होगा तो कभी ये दूर तिमिर,
मिट जाएँ जीवन की शिशिर।
रुकना नहीं थकना नहीं,
उपहासो से डरना नहीं।।
बढ़े चलो बढ़े चलो।
मन की तृष्णा को जगा के चल,
राष्ट्रहित का लक्ष्य बना के चल।
तब ही प्रकाश पुंज पाओगे,
जीवन उज्जवल कर पाओगे।।
बढ़े चलो बढ़े चलो।

✍ रेखा अमित चोधरी (प्रेरणा)

यादों में पिता

जीवन की कठिन डगरो में, जो साया मेरे साथ रहा।
ना कुछ माँगा ना कुछ चाहा, नफरत के बदले प्यार दिया।।
वे अलादीन के जिन्न से थे, हर ख्वाहिश को पूरा करते।
खुशियों के मोती हमें दिए, खुद कोने में छिप रो लेते।।
चलने को दी वसुन्धरा, आकाश दिया उड़ने के लिए।
वे शान्त शान्त से रहते थे, हम सबको खुश रखने के लिए।।
ऐसा लगता वे है कठोर, है उनमें तनिक जज्बात नही।
नित नया सवेरा हमें मिले, पर थी खुद की परवाह नहीं।।
वो छाँव बनकर चलते रहे, ताकि हम धूप से बचें रहे।
जीवन सुदृढ़ बनाने में, नए संकल्पों को बुनते रहे।।

✍ रेखा अमित चौधरी (प्रेरणा)

मेरा स्वप्न

आज रात को सपने में, पापा को हँसते देखा।
छोटे- छोटे बच्चों जैसे, हम सबसे ही लड़ते देखा।।
वे माँग रहे थे आइस्क्रीम, जिद करते थे पैर पटक।
बजा बजा मोबाइल फोन, वो नाच रहें थे मटक मटक।।
हम सबको पार्क में ले जाकर, कहते मै झूलूगाँ झूला।
ये नटखटपन और शरारत, दिल बाग बाग होकर झूमा।।
काश कि ये स्वप्न मेरा, खुली आँखों से सच हो।
हम पापा को हँसता देखें, ये ही प्रयास अब भरकर हो।।

✍ रेखा अमित चौधरी (प्रेरणा)

पापा आप

गर जीवन हैं कठिन धूप, तो छाँव दिलाते भी तुम हो।
तुम हो सूरज सा तीव्र ताप, चन्दा से शीतल भी तुम हो।।
नभ में यदि मुझको उड़ना हो, तब भी मेरे पर तुम हो।
उजियारा मुझमें भरने को, मेरे जीवन के दीपक हो।।
हर इक उमंग, नित नव तरंग, हो जीवन का हर एक रंग।
हो सख्त जरा पर मन निर्मल, जीवन की उत्कंठा तुम हो।।
जो लक्ष्य मेरा उसको पाने की, चाहत तुमने ही दी है।
मैं अंश तेरा इक छोटा सा, मुझको गढ़ने वाले तुम हो।।
जब हाथ पकड़ चलना सीखा, हो गए खड़े काँटे चुनने।
मेरी आत्मा मेरी पहचान, मेरा वजूद पापा तुम हो।।

✍ रेखा अमित चौधरी (प्रेरणा)

व्यक्तिगत परिचय

डिजेन्द्र कुर्रे "कोहिनूर"

पिता – श्री गणेश राम कुर्रे

माता – श्रीमती फुलेश्वरी कुर्रे

पद – शिक्षक (समन्वयक संकुल केंद्र जमदरहा)

स्थाई पता – ग्राम पीपरभौना, पोस्ट धनगाँव, तहसील बिलाईगढ़, जिला सारंगढ़ बिलाईगढ़ (छ.ग.)

वर्तमान पता – मिडिल स्कूल पुरुषोत्तमपुर, तहसील बसना, महासमुंद (छ.ग.)

रचनाएँ – 1. कोहिनूर की आभा(प्रथम काव्य संग्रह), 2. मेरी ताकत है कलम (द्वितीय काव्य संग्रह), 3. सतनाम चालीसा, 4. सुमता के अंजोर (छत्तीसगढ़ी काव्य संग्रह), 5. ज्ञान सुधा (बाल पत्रिका)

संपादकीय संग्रह – 1. सोनहा बिहान (छत्तीसगढ़ी काव्य संग्रह), 2. संस्कार सरोवर (हिंदी काव्य संग्रह), 3 .सोनहा बिहान भाग 2(छत्तीसगढ़ी काव्य संग्रह), 4 .अजर अमर सतनाम (छत्तीसगढ़ी काव्य संग्रह), 5 .होली के हंसगुल्ले (राष्ट्रीय साझा संकलन), 6 .नीलांचल काव्यांजली (राष्ट्रीय साझा संकलन), 7. एक मुस्कान (राष्ट्रीय साझा संकलन), 8. महिमा वीर नारायण के (छत्तीसगढ़ी साझा संकलन), 9. कर्मयोगी संत गाडगे महाराज (राष्ट्रीय साझा संकलन), 10. मोर छत्तीसगढ़ महतारी (साझा संग्रह)

अन्य रचनाएँ – अर्धशताधिक साझा संकलन में रचनाएँ एवं देश की कई पत्र पत्रिकाओं में रचनाएँ सतत प्रकाशित।

पिताजी मेरा प्यारा है

ऊँगली को पकड़ा जिसने,
कदम से कदम चलाया मुझको।
मोहब्बत है अपनी हाथों से क्योंकि,
पिताजी मेरा प्यारा है मुझको।

दीर्घ स्वप्न जिसने देखा,
कठिन पहर से ओ गुजरा।
अश्रुधार नयन में फिर भी,
कभी नहीं रुलाया मुझको।

दुनिया की भरी भीड़ में,
खुदा मेरे तकदीर है ओ।
चाहे कितने दूर भी रहूँ,
भाग्य के लकीर है ओ।

पिताजी हारकर भी मुस्काया,
शतरंज की बाजी अब समझ आया।
ओ धुप में जलते रहे यारों,
मुझे छाँव में रहना सिखाया।

हौसलों की पँख से जिसने,
उड़ना सिखाया मुझको।
पिता मेरे आसमां है क्योंकि,
पिताजी प्यारा है मुझको।

✍ डिजेन्द्र कुर्रे "कोहिनूर"

पिता आप महान हो

पिता मेरा ताकत और विश्वास है,
दिल से जुड़ा खास है।
उनकी प्रेरणा हमेशा,
मन में बसाया रहता हूँ।
कभी पीछे नहीं रहता,
सफलता की यही राज है।
पिता जी ने जो संस्कार दिए,
उसे कैसे भूल जाऊँ।
अब मैं भी एक पिता हूँ,
संस्कार मेरे बेटे को सिखाऊँ।
मेहनत करने के लिए बताया,
कठिन रास्ते पर चलना सिखाया।
असफलताओं से मत डरना,
आगे बढ़ने का मंत्र बतलाया।
पिता आप महान हो,
मेरा जीवन का तारणहार हो।
आपका सपना पूरा करूंगा,
अडिग रहूंगा निर्भीक रहूंगा।
डिजेंद्र की ये अटल विश्वास,
दिन दुखियों की सेवा करूंगा।

✍ डीजेन्द्र कुर्रे "कोहिनूर"

मुक्तक - पिता का प्यार

//1//

पिता प्यारा मुझे सबसे,
मैं छाया हूँ जिन भगवन का।
बिठाया काँध में मुझको,
सिखाया सूत्र जीवन का।
आज बूढ़े भले है वो,
तेज फिर भी मुख मंडल में।
रूप देवों के लगते हैं,
बैठ शोभा बन आँगन का।

//2//

पिता का प्यार जो पाया,
वो जग में कुंदन बनता है।
पिता के सीख जो धारे,
वही सुखनंदन बनता है।
पिता के पुण्य आशीर्वाद से,
जग को महकाया है।
जो कोई रोक ना पाए,
वो गंधित चंदन बनता है।

//3//

पिता का प्यार भी पाना,
पिता का क्रोध भी सहना।
पिता के पुण्य सीखो के,
डगर में है अविरल बहना।
वही सौभाग्यशाली है,

पिता का प्यार जो समझे।
सुखों का ताज मिलता है,
पिता का मानकर कहना।

✍ डिजेन्द्र कुर्रे"कोहिनूर"

पिता पर दोहे

पिता सदा परिवार का, होता पालनहार।
पुज्य पिता से है सुरभ, अपना घर परिवार।।

पुज्य पिता संसार में, है भगवन का रूप।
इसके पावन प्रेम से, खुशियाँ मिले अनूप।।

मन में रखता है सदा, पिता परम निज प्यार।
निज बच्चों का है यही, खुशियों का संसार।।

धर्म निभाता है पिता, रहकर घर में शांत।
जैसे हो संसार का, सागर परम प्रशांत।।

कर्म सभी करने पिता, नहीं डिगाता पाँव।
बच्चों को देता सदा, प्रेम समाहित छाँव।।

✍ डिजेन्द्र कुर्रे "कोहिनूर"

व्यक्तिगत परिचय

वंदना कुमारी

माता का नाम - स्वर्गीय शांति देवी
पिता का नाम - स्वर्गीय श्री राजकुमार शाह
जन्म तिथि - 03/02/1984
जन्मस्थान - परशुरामपुर, परसौनी
संप्रति/कार्य - सहायक शिक्षिका, मध्य विद्यालय तुरकौलिया, बथनाहा, सीतामढ़ी, बिहार
शिक्षा - स्नातकोत्तर (हिंदी), स्नातकोत्तर शिक्षा, डी. पी. एड, बी. एड
रुचि - पठन -पठान, सामाजिक कार्य करना
लेखन विद्या - कविता, कहानी
प्रकाशन - जानकी की डायरी (साझा संग्रह)
सम्मान - ई-शिक्षा सीतामढ़ी पत्रिका द्वारा लेखकीय सहयोग के लिए प्रशस्ति-पत्र।
संपर्क सूत्र - vandanakumariraja@gmail.com
पत्ता - तुरकौलिया, बथनाहा, सीतामढ़ी, बिहार

मेरे पिता

मेरे पिता, मेरे जीवन के सबसे अच्छे दोस्त और मेरा अभिमान थे। उन्हें मैं बाबूजी बुलाती थी। वो मेरे जीवन के सबसे खास वेक्ति थे। वो एक सामाजिक व्यक्ति थे, वो हमेशा दिन दुखियो की मदद किया करते थे। गांव में जो भी काम होता था, वो बेखूबी निभाते थे। वो मेरे गांव के आदर्श पुरुष थे। मै पांच बहन और एक भाई में सबसे छोटी बहन हू उस समय मध्यवर्गीय परिवार के बेटियां को नहीं पढ़ाया जाता था खासकर गांव में। गिने चुने लोग ही अपने बेटियां को पढ़ाते थे। लेकिन मेरे बाबूजी ने अपने सभी बेटियो को विद्यालय जाने को सिखाए और आगे बढ़ाए।। वो अक्सर कहा करते थे अगर कोई अपना समय खराब करता है, समय उसका जीवन नष्ट कर देता है। वो मेरे प्रेरणा थे। हमेशा उन्होंने सबका ध्यान रखा। वो हमेशा अपनी स्थिति के अनुसार पूरे जीवनभर सभी आयुवर्ग के जरूरतमंद लोगों को हर पल मदद करते थे।खासकर वो बूढ़े लोगो की मदद करते थे। मेरे बाबूजी गांव के मुखिया थे लोग उन्हें बहुत पसंद करते थे। उन्होंने हमेशा सही और गलत में फर्क समझते, जीवन की नैतिकता के बारे में बताते और बड़े के महत्व को समझाते।

उन्होंने मुझे सिखाए हमे पूरे जीवन भर किसी भी इंसान को दुखी नहीं करना चाहिए और हमेशा जरूरतमंद लोगों की मदद करनी चाहिए। जब भी कभी उनको छूटी मिलता वो हमे घुमाने ले जाते। आज भी मैं अपने बाबूजी के साथ बिताए हुए पलों को याद करके रोने लगती हू। मेरे बाबूजी इस दुनिया को छोड़ कर चले गए। आज मै जो भी हू उन्हीं की वजह से हू, वो मुझे कभी डाटते नही थे और मेरी गलतियों कोबड़ी आसानी से समझाते थे। मुझे एहसास कराते थे। मुझे आज भी याद हैं मेरे बाबूजी बचपन में मुझे साइकिल सिखाते थे, उस समय मै चलाती और मेरे बाबूजी पीछे बैठते थे। कभी कभी जब मै बैठ जाती तो वो बोलते थे चलाओ मैं पिछे से पकड़े रहता हू और वो पकड़ते नहीं थे। मै जब साइकिल लिए गिरती तो वो संभाल लेते थे और सिखाते थे कि कोई भी काम अपने से करना चाहिए, दूसरे पर निर्भर होके नहीं और एक दिन मै साइकिल चलाना सीख गई।

उस समय गांव में लड़किया साइकिल नहीं चलाती थी जब मैं चलाने लगी तो गांव के कुछ लोग बोलने लगे देख मुखिया जी के बेटा जैछई मुझे बहुत गर्व होता था मेरे बाबूजी पर। वाकई में मेरे पिता तो दुनिया के अनमोल पिता में से है। उन्होंने कभी लड़का और लड़की में फर्क नही किए अपने सभी बेटियों और बेटा को पढ़ा लिखा कर अपने पैर पर खड़ा करना सिखा दिए। जब मै बड़ी

हुई तो बाबूजी के कमरे में श्री मति इंदिरा गांधी जी द्वारा स्वप्रेम भेट के तौर चांदी के झंडा छोटा सा और तामपत्र को देखी, बाबूजी से पूछी तो उन्होंने बताया, मेरे अच्छे कामों से खुशी होकर भारत की प्रथम महिला प्रधानमंत्री श्रीमति इंदिरा जी मुझे भेट की। उन्होंने मुझे कहा बेटा हमेशा अच्छा काम करो और मेरे तरह तुम भी सम्मानित होना। मैं अपने जीवन में ऐसे पिता को पाकर खुद को बहुत धन्य मानती हू कि उन्होंने मुझे ऐसे अच्छे पिता के घर में जन्म लेने का अवसर दिया।

✍ वंदना कुमारी

मन में आस

मन में लिए आस मैं,
कब से लिए बैठी हू।
पता नहीं बाबूजी की बाते को,
कब किताबों के पन्नो में छपवाऊंगी।

बाबूजी आप कितने अच्छे थे,
किन लफ्जों में करूं आपका धन्यवाद।
आज जो मैं हूं वो आपका ही है आशीर्वाद,
मेरी हर खुशी के लिए आप सब कुछ सह लेते थे।

आप वो दीपक है जो खुद जलकर,
मेरे जीवन को रौशन किए।
बाबूजी आप मेरा गुमान, अभिमान थे,
मेरी पहचान मेरा सम्मान थे।

ऊंगली थाम कर आपने चलना सिखाया,
हमेशा सही रास्ता दिखाया।
जीवन को जब मैंने समझा,
कदम कदम पर साथ दिए।

हिम्मत जब मेरी टूटती,
निराश मन को आप समझाते।
अपने अरमानों को जलाकर,
मेरी ख्वाहिश पूरा किए।

हर मुश्किल से निपटना आपने सिखाया,

आपने मुझे जिम्मेदारियां और संस्कारों का पाठ पढ़ाया।
कुछ दिन और रुक जाते,
क्यों चले गए मुझे छोड़कर......!

✍ वंदना कुमारी

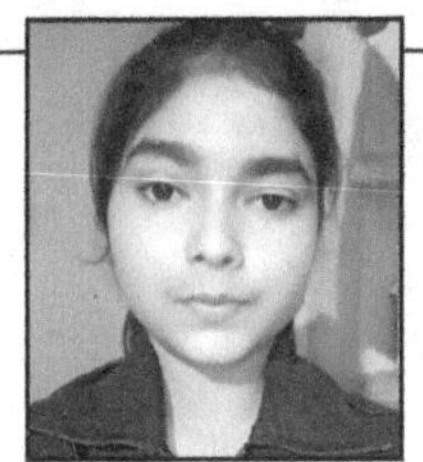

व्यक्तिगत परिचय

व्यास मीनाक्षी 'आरोही'

जन्म - सन् 2007, विजयपुर जिला - श्योपुर मध्यप्रदेश।

रचनाएं - बेटियां, पछतावा, बचपन, पहला एहसास, आज का समाज आदि।

खोजना न पड़ा कभी, खुद का खुला आसमां।
पिता के रूप में पाया है मैंने, एक सुंदर और अद्भुत जहां।।

व्यास मीनाक्षी 'आरोही' ने सन् 2023 के शुरूआत में अपने काव्य - लेखन की शुरुआत की। उन्होंने बहुत छोटी अवस्था में अपनी गिनी-चुनी कविताओं से अपने क्षेत्र में लोकप्रियता अर्जित की। 2023 में विजयपुर जिला - श्योपुर मध्यप्रदेश में कक्षा - 12 वी में अध्ययनरत मीनाक्षी व्यास ने अपनी शिक्षा प्राप्ति के साथ ही लिखना आरंभ किया। इनकी लेखन क्रियाओं के फलस्वरूप इनका नाम मीनाक्षी व्यास से व्यास मीनाक्षी 'आरोही' हो गया। अपनी रचनाओं में उनके द्वारा किए गए बहुत ही सरल भाषा के प्रयोग ने उनकी कविताओं को सभी आम पाठकों के लिए आसान बनाया है। उन्होंने कलम को अपनी ' प्रेरणा ' माना है।

सन् 2023 में प्रकाशित हो रही ये पुस्तक उनकी प्रथम प्रकाशित रचना है। इस पुस्तक में कुछ पद्य रचनाएं हैं जिनमें पिता के त्याग, पिता के प्रेम और पिता के महत्व पर व्यास मीनाक्षी ' आरोही ' द्वारा उनकी भावनाओं को कलम द्वारा शब्दों में उतारा गया है। तथा इस पुस्तक में एक गद्य रचना है जिसका शीर्षक है - पिता की सीख। इन रचनाओं में व्यास मीनाक्षी ' आरोही ' द्वारा भावनात्मक शब्दों का प्रयोग किया गया है।

पिता

कभी धूप में छांव का साया बनकर,
तो कभी नदी का किनारा बनकर,
कभी हर परेशानी का हल बनकर,
तो कभी कागज की कलम बनकर,
साथ रहते हो पिता आप,
हमेशा मेरी परछाई बनकर।
मेरी तन्हाई को समझ लेते हो,
नए- नए तोहफे हमेशा देते हो।
खुद पुराने कपड़े पहनकर पिता,
मुझे नए- नए कपड़े ला देते हो।।
मुझे मिले हर खुशी इसलिए,
अपनी खुशियां त्याग देते हो।
हर मुश्किल में पिता आप,
हमेशा मेरा साथ देते हो।।
लुटा दिया अपना सारा जहां,
मुझे इस काबिल बनाने में।
मुझसे ज्यादा मेहनत आपकी है पिता,
मुझे यहां तक पहुंचाने में।।
लफ्जों में बयां ना कर पाऊं मैं,
कैसे आपको ये बतलाऊं मैं
कि आपका होना मेरे लिए बहुत जरूरी है,
क्योंकि आपके बिना पिता मेरी जिंदगी अधूरी है।।

✍ व्यास मीनाक्षी 'आरोही'

मेरे-पिता

इस कागज के बिना जैसे, ये कलम अधूरा है।
और आपके बिना पिता, मेरा संसार कहां पूरा है।।
मेरी कलम में वो स्याही नहीं,
जो पिता को परिभाषित कर सके।
और पिता कोई वस्तु नहीं,
जो पिता पर कोई कुछ लिख सके।
मेरी सोच जहां पर खत्म होती है,
वो आपकी सोच की शुरुआत है।
और पिता का साथ होना भी,
अपने-अपने नसीब की बात है।
मैं हूं वो खुशनसीब जिनके साथ हैं पिता,
और ईश्वर का वो आशीर्वाद स्वरूप हाथ हैं पिता।।
बोलना नहीं भाता है ज्यादा,
कम कम ही सदा आप कहते हो।
गम छुपाकर अपने सदा,
हमारी खुशी में ही खुश रहते हो।
पिता आपसे ही है मेरे जीवन का सार,
और पिता बिना सबकुछ है बेकार।।

✍ व्यास मीनाक्षी 'अरोही'

मेरी जमीं - मेरा आसमां - मेरे पिता

मेरी जमीं – मेरा आसमां हैं पिता।
मेरे छोटे से राजमहल के शहंशाह हैं पिता।।
गिरकर चलना सिखाया है जिसने,
हर स्थिति को हंसकर बिताया है जिसने।
मेरी रातों की नींद और सुबह की चाय हैं पिता,
और अपनी संतान के लिए खून पसीने से भी नहाए हैं पिता।।

उंगली थामकर आगे बढ़ाया है जिसने,
मुझे आज इस काबिल बनाया है जिसने।
कागज कलम मेरे हाथ में देखकर,
अपना गर्व बढ़ाते हैं पिता,
पैसों की भी कमी हो चाहे,
अपनी संतान को फिर भी पढ़ाते हैं पिता।।

भेदभाव से परे उठकर,
बेटी को ज्यादा महत्व दिया।
जीवन में जो किया ना कभी,
बेटी के लिए वो सब कुछ किया।।

कोई भी जो ना सिखा सका,
आपने वो भी सिखा दिया।
दुनिया के नजरिए से हटकर,
अलग नजरिए से दुनिया को दिखा दिया।।

ना चरण कभी छुए तेरे,
फिर भी आशीर्वाद है सदा मिला।

रहो सदा आप साथ मेरे,
काश ईश्वर ने हो मेरी किस्मत में ये लिखा।।

मेरे जीवन के हर मोड़ के सहभागी हैं पिता,
मेरी कलम में उपस्थित वो अद्भुत स्याही हैं पिता।
सूरज की पहली किरण और रात का चमकता सितारा हैं पिता,
मेरी जीवनरूपी कश्ती का वो अद्भुत किनारा हैं पिता।।

धूप में तपकर, पैदल चलकर,
कमाते हो पैसे दिन रात थककर।
ना समय पर हो खाते,
और ना समय पर हो घर आते।।
हमारे लिए पिता आप ना जाने, क्या क्या हो कर जाते?

कमाते हो आप, पर खर्च हम पर करते हो,
पिता आप कभी कभी, मुझे बड़े अद्भुत लगते हो।
खुद इतने कष्ट सहते हो,
फिर भी ना कभी ये कहते हो।
हृदय में हमारे पिता आप,
सदा ईश्वर स्वरूप रहते हो।।

हमारी एक मुस्कान से आपकी,
दिन भर की थकान दूर हो जाती है।
और दुनिया की सभी शक्तियां पिता,
आपके सामने चूर हो जाती हैं।।

हमारे लिए पिता आपने, ये जग भी हारा है,
और हमारी हर मुश्किल का पिता, बस तू ही एक सहारा है।

पिता शब्द सच में, बड़ा अद्भुत और न्यारा है,
और हर बेटी के लिए उसका पिता, आसमां का तारा है।।

✍ व्यास मीनाक्षी ' आरोही

पिता की सीख

पिता की सीख से हम सदा से ही परिचित रहे हैं। और पिता की सीख के संदर्भ में एक और बात कही जा सकती है कि पिता अपनी संतान को जिस समय जो सीख देता है अक्सर उस समय वह संतान पिता की सीख को या यूं कहें कि पिता की रोक टोक को अपनी आजादी में बाधा समझ लेती है। लेकिन कुछ समय के उपरांत हमें यह ज्ञात होता है कि पिता की सीख सदा ही हमारे हित के लिए होती है ना कि हमारी आजादी में बाधा उत्पन्न करती है। पिता की सीख का उचित लाभ हमें सदा से ही मिलता रहा है और आगे भी यूं ही मिलता रहेगा। पिता देखने में कुछ सख्त से दिखते जरूर हैं लेकिन भीतर से बड़े ही नरम होते हैं। अर्थात् कहा जा सकता है कि पिता का स्वभाव नारियल की भांति होता है – ऊपर से कठोर और भीतर से नरम। पिता की सीख हमें सदैव आगे बढ़ाती है और ऊंचाईयों तक ले जाती है।

पिता को हम धरती पर उपस्थित ईश्वर का ही एक अन्य स्वरूप कह सकते हैं जो हमें बड़े भाग्य से ईश्वर से उपहार के रूप में प्राप्त होता है। पिता बनना भी कोई आसान काम नही होता और इस बात का एहसास किसी व्यक्ति को तब तक नहीं होता जब तक वो व्यक्ति खुद पिता ना बना हो। एक पिता ही है जो अपनी संतान को निस्वार्थ भाव से प्रेम करता है। पिता अपने कांधों पर सदा जिम्मेदारियों का बोझ लेकर चलता है। दुनिया का कोई भी व्यक्ति पिता की बराबरी नहीं कर सकता है। क्योंकि एक पिता ही है जो ये चाहता है कि उसकी संतान उससे भी अधिक कामयाब हो। पिता हमेशा हमें वही सीख देता है जिस पर अमल करके हम एक नेक दिल और ईमानदार इंसान बन सकें। पिता खुद कष्ट झेलता है ताकि उसकी संतान को कभी कोई कष्ट न पहुंचे।

पिता की सबसे बड़ी दौलत उसका परिवार होती है जिसे बनाने में वो अपना पूरा जीवन व्यतीत कर देता है। पिता साथ हो या न हो पर पिता की दी हुई सीख आशीर्वाद बनकर सदैव हमारे साथ होती है और हमें यह एहसास कराती है कि पिता और उनका आशीर्वाद सदैव हमारे साथ है। पिता की दी हुई सीखों को मानकर ही व्यक्ति कर्तव्यनिष्ठ और ईमानदार बनता है। पिता हर व्यक्ति के जीवन का आदर्श हैं और पिता की सीख हमें सदैव आदर्शवादी बनाती है तथा सही राह दिखाती है।

हमारे धार्मिक ग्रंथों में भी हम देखें तो – 'रामायण' नाम से तो सभी परिचित हैं ही। रामायण में भगवान श्री रामचन्द्रजी के पिता महाराज श्री दशरथ जी ने अपने पुत्रों को ऐसे संस्कार दिए कि जब दशरथ जी ने भगवान श्री राम को एक बार 14 वर्ष के लिए वनवास जाने को कहा तो वे तुरंत

ही अयोध्या के राज सिंहासन को छोड़कर (क्योंकि उसी दिन उनका राज तिलक होने वाला था), अपने परिवार और पूरी अयोध्यानगरी को छोड़कर वनवास जाने के लिए निकल पड़े। उन्होंने अपने पिता के वचन की लाज रखी। इसलिए अपने पिता से एक प्रश्न भी बिना किए वो अयोध्या छोड़कर वन की ओर निकल पड़े। यह और कुछ नहीं वल्कि दशरथ जी, उनकी माताओं और उनके गुरुओं के दिए हुए संस्कार ही थे। इसी प्रकार पिता की सीख हर व्यक्ति को मर्यादा में रहना, बड़ों की आज्ञा का पालन करना, परोपकारी बनना और विनम्रतापूर्वक व्यवहार करना सिखाती है। हमें सदा ही पिता की सीख को मानना चाहिए और उस पर अमल करना चाहिए।

✍ व्यास मीनाक्षी ' आरोही